KB007171

이 한 권의 책을
이 땅의 모든 남성들에게
바칩니다.

〈4〉

# "서간도에 들꽃 피다"
## 4권을 펴내며...

"아! 우리 부인도 국민 중의 한 사람이다. 국권과 인권을 회복하려는 목표를 향해 전진하되 후퇴 할 수는 없다. 의식 있는 부인은 용기를 분발해 그 이상(理想)에 상통함으로써 단합을 견고히 하고 일제히 찬동해 줄 것을 희망하는 바이다."

위는 1919년에 결성된 '대한민국애국부인회 설립 취지 2조'에 나오는 말입니다. 국난을 당해 여성들이 어떠한 각오로 임했는지를 잘 말해주는 대목이지요. 애국부인회 회원들은 자신의 몸처럼 나라사랑 하자는 굳은 신념을 갖고 군자금을 마련하여 상해임시정부에 보내게 됩니다만 이내 이들의 활동은 일본경찰에 들켜 1919년 11월 28일 회원 80여명이 잡혀가는 수난을 당합니다.

이들 뿐만이 아닙니다. 나라 안팎에서 여성들의 독립운동은 남자들 못지않게 눈부신 활약을 하지만 유감스럽게도 이분들의 이름은 세상이 기억하고 있지 않습니다. 아니 기억해 주지 않습니다. 유관순 열사 말고 또 어떤 여성들이 어디서 어떻게 나라를 구하다 숨겨갔는지 여성들의 독립운동을 상세히 알려주는 변변한 책 한권 없는 것이 제95주년 3·1절을 맞이하는 오늘 우리의 자화상입니다.

그런 안타까운 마음에 항일여성독립운동가를 기리는 시집 《서간도에 들꽃 피다》를 쓰고 있으며 이번에 4권을 세상에 내놓습니다. 한권에 스무 분 씩 그간 한 분 한 분의 여성독립운동가들의 발자취를 찾아다닌 지도 어언 여든 분에 이릅니다.

작업을 하면서 가장 어려운 것은 자료 부족이요, 두 번째는 뿔뿔이 흩어져 있는 삶의 흔적을 찾아나서는 것이요, 마지막으로는 책으로 엮어낼 경비 문제의 어려움이 있습니다. 그 어느 것 하나 쉽지 않은 상황에서 이 일을 계속하는 것은 지하에 계신 여성독립운동가들이 저에게 나지막하게 들려주는 소리 때문입니다. '내 이야기도 꼭 한 번 다뤄 달라'는 속삭임을 저는 차마 뿌리치지 못하고 있는 것입니다.

슬프다. 이적(夷狄)의 화가 옛날부터 있었지만 오늘의 왜적보다 심한 것이 없고, 역적의 신하가 어느 시대인들 없을까마는 어찌 오늘날 십흉(十凶, 친일반민족세력)과 같았겠는가!

– 독립투사 이중업(1863~1921)의 당교격문(唐橋檄文) 가운데서 –

정부로부터 서훈을 받은 여성들은 현재 234명(2013.12.31)입니다. 남성의 13,000여명에 견주면 아주 적은 수지만 그 적은 수의 여성독립운동가들 조차 우리들의 기억에서 멀어진지 오래입니다. 그래서 이 작업을 중단할 수 없는 것입니다.

눈보라치고 살을 에는 찬바람 속에서 여자로서의 꿈과
이상을 접고 오로지 조국의 독립을 위해 헌신하다 숨겨간
이 땅의 수많은 여성독립운동가들의 고귀한 삶을 기리며
이 작업은 멈추지 않고 지속될 것입니다.
 많은 사랑과 관심을 빕니다.

4347년(2014) 1월 29일
도쿄 고려박물관에서 항일여성독립운동가
시화전을 열던 날
한꽃 이윤옥 씀

# 차 례

(가나다순)

# 노동자 권리 속에 숨겨 부른 독립의 노래
# 고수복


노란봉 정기 받고 자란 몸
경성에 올라와
푸른 꿈 펴렸더니
가지에 푸른 순 돋기도 전
밑동 잘렸네

방직공장 다니면서
노동자 권리 속에 숨겨
뜨거운 독립의 노래
목 터져라 불렀어라

일제에 잡혀
모진 고문 당하지 않았다면
스물 둘 꽃다운 나이 접고
눈 감지 않았을 것을

고향집 동구 밖서
손 흔들던 어머니
귀한 딸 주검에
끝내 오열 터뜨렸네

# 고수복 (高壽福, 1911 ~ 1933. 7. 28)

▲ 고수복 애국지사 수감사진 (1932.10.11. 동대문경찰서 찍음, 국사편찬위원회 소장)

고수복 애국지사는 함경남도 정평군 정평공립보통학교를 졸업하고 경성으로 올라와 스무 살 되던 해인 1931년 9월 종방방직회사(鐘紡紡織會社) 경성제사공장(京城製絲工場) 직공으로 입사하였다. 1932년 1월 말 정길성, 김응룡 등과 협의하여 좌익노동조합준비회(左翼勞動組合準備會)를 결성하기 위해 경성부내 각 공장으로 분담 활동을 하였으며, 3월 하순 경성부 팔판동에 거주하는 강응진의 집에서 좌익노동조합준비위원회를 결성하였다.

준비위원회의 총책임자에 권오경, 조직부 책임에 정길성, 재정부 책임에 김응룡이 맡았고 고수복 애국지사는 선전부를 책임지고 활동하였다. 1932년 8월 중순 무렵 문태화, 공원회, 이만규 등이 중심이 되어 적위대(赤衛隊)를 결성하였는데, 적위대는 그 하부에 5개의 조직체를 두고 노동운동을 지도, 통제하는 최고지도기관이었다. 고수복 애국지사는

1932년 9월 적위대 예하 기관 중의 하나인 좌익노동조합준비위원회의 선전부 책임자로 뛰다가 동대문경찰서에 체포되었다.

그 뒤 10월 18일 적위대사건과 관련하여 구속되었던 고수복 외 9명은 동대문경찰서에서 조사를 마치고 경성지방법원 검사국으로 송치되었으며, 1933년 7월 19일 예심에 회부되어 조사를 받다가 병세가 악화되자 병보석으로 출옥하게 된다. 명분은 출옥이지만 일제는 심한 고문 끝에 병세가 악화되면 감옥 안에서 죽였다는 면피를 하기 위해 병보석이라는 이름으로 출옥시켰는데 출옥하고 열흘이 채 안 돼 숨을 거둔 것을 보면 얼마나 극심한 고문을 받았는지 짐작 할 수 있다.

이러한 예는 수원의 잔 다르크 이선경 (李善卿, 1902. 5. 25 ~ 1921. 4. 21) 애국지사의 경우에서도 찾아 볼 수 있다. 당시 이선경 애국지사는 구류 8달만인 1921년 4월 12일 석방되었으나 구금 당시 일제의 혹독한 고문으로 집으로 옮겨진 뒤 9일 만에 19살의 나이로 순국했는데 고수복 애국지사도 똑같은 경우다.

한편 꿈 많은 스무 살 처녀 고수복이 고향인 함경남도 정평군에서 경성으로 올라와 버스차장으로 일했다는 기록이 서대문형무소 수형자 기록에 남아 있다. 이 기록은 1932년 11월 12일치 수형자 기록으로 방직공장 입사 뒤의 일로 추정된다. 당시 수형자기록의 죄명은 '치안유지법위반'인데 이 무렵 잡혀간 독립운동가들의 대표적인 죄목이 '치안유지법위반'이다.

정부는 스물두 살 꽃다운 나이에 고향 함경도를 떠나 경성에 와서 독립운동을 하다 숨을 거둔 고수복 애국지사의 공훈을 기려 2010년에 건국훈장 애족장을 추서하였다.

## 서대문형무소에 수감되었던 여성독립운동가는 몇 명?

2012년 서울 서대문구는 《서대문형무소역사관 '여옥사' 전시 설계 및 전시물 제작, 설치 용역 중 서대문형무소 수감 여성독립운동가 자료조사》라는 다소 긴 이름의 보고서를 한 권 냈다. 당시 서대문형무소는 현재 서대문형무소역사관으로 활용되고 있지만 이곳에 수감되었던 여성독립운동가들을 조사 한 것은 이번이 처음이다. 이는 2013년 4월 1일 여옥사 복원과 더불어 여성독립운동가들의 연구를 본격적으로 시작하겠다는 의지로 보여 기쁜 마음이 앞선다.

1919년 3·1만세운동 이후 올해로 95주년을 맞이하는데 이곳을 거쳐 간 여성독립운동가는 누구이며 그 숫자는 얼마나 될까? 그간 우리는 이런 기본적인 의문조차 갖지 못한 채 지냈다. 이것은 역설적으로 우리 사회가 그동안 여성독립운동가에 대해 눈을 감고 있었다는 것을 말해주는 것이기도 하다.

그러나 다행히 서대문형무소역사관(관장 박경목)에서 2012년 처음으로 기초조사가 이뤄졌고 이듬해인 2013년 4월 1일엔 여자감옥사를 복원하여 늦었지만 이제라도 많은 사람들이 당시 여성독립운동가들의 수감 생활을 이해 할 수 있게 되어 기쁘다.

《보고서》에 따르면 "1991년~1993년 까지 국사편찬위원에서 간행한 6,264건의 독립운동 관련 서대문형무소 수감 수형

자 신상기록카드 사진으로 식별 가능한 여성 수감자의 신상
기록카드는 모두 187건"으로 조사되었다. 이 가운데 수차례
수감으로 중복 작성된 카드를 제외한 여성독립운동 수감자
는 총 176명이라고 밝히고 있다.

176명이라는 숫자는 명명백백히 서대문형무소에서 독립운
동과 관련하여 잡혀와 형기를 살다간 여성의 숫자이다. 하지
만 현재 이들이 국가로부터 모두 독립운동을 인정받은 것은
아니다. 유감스럽게도 176명 가운데 고작 13명만이 국가보
훈처로부터 서훈을 받은 상태다. (아래표 참조) 하루빨리 나
머지 독립투사들도 그들의 공훈이 인정되어야 할 것이다.

**【수형기록 카드 보존 대상 중 독립유공 공훈자】**

| 연번 | 이름 | 생년 | 공적 | 포상 |
|------|------|------|------|------|
| 1 | 유관순 | 1902년12월17일 | 삼일운동(충남 천안 병천시장) | 1962독립장 |
| 2 | 이신애 | 1891년 | 삼일운동(안국동 광장 만세운동) | 1963독립장 |
| 3 | 임명애 | 1886년 3월25일 | 삼일운동(파주 교하리) | 1990애족장 |
| 4 | 노순경 | 1902년11월25일 | 삼일운동(세브란스병원) | 1995대통령표창 |
| 5 | 어윤희 | 1881년 6월20일 | 삼일운동(개성) | 1995애족장 |
| 6 | 이병희 | 1918년 1월14일 | 경성노조, 이재유 | 1996애족장 |
| 7 | 신관빈 | 1885년10월 4일 | 삼일운동(개성) | 2001애족장 |
| 8 | 이효정 | 1914년 6월21일 | 경성노조, 이재유 | 2006건국포장 |
| 9 | 박정선 | 1874년 | 삼일운동(안국동 광장 만세운동) | 2007애족장 |
| 10 | 김조이 | 1904년 7월 5일 | 공산주의운동, 중국공산당 연계 | 2008건국포장 |
| 11 | 신경애 | 1908년 9월22일 | 근우회 | 2008건국포장 |
| 12 | 고수복 | 1910년 6월15일 | 부영버스 파업, 노동운동 | 2010애족장 |
| 13 | 심계월 | 1916년 1월 6일 | 이재유일파 적화후계사건 | 2010애족장 |

* 서대문형무소역사관(관장, 박경목) 자료 제공

▲ 고수복 애국지사의 적위대 선전부장 기사가 당시 신문에 대서특필 되었다.
(1932.10.20 동아일보)

# 훈춘에 곱게 핀 무궁화 꽃
## 김숙경

젖먹이 어린 핏덩이 밀치고
남편 간곳을 대라던 순사 놈들

끝내 다문 입
모진 고문으로도 열지 못했지

구류 열흘 만에 돌아온 집엔
엄마 찾다 숨진 아기
차디찬 주검 위로

차마 떠나지 못한 영혼
고추잠자리 되어 맴돌았지

활화산처럼 솟구치던 분노
두 주먹 불끈 쥐고
뛰어든 독립의 가시밭길

아들 딸 남편 모두
그 땅에 묻었어도
항일의 깃발 놓지 않았던
마흔 네 해 삶

훈춘의 초가집 담장 위에
한 송이 무궁화 꽃으로 피어났어라

## 김숙경 (金淑卿, 1886. 6.20 ~ 1930. 7.27)

　　함경북도 경원군의 한 가난한 농민가정에서 태어난 김숙경 애국지사는 열한 살 나던 해 아버지의 손에 이끌려 이웃집 소년 황병길에게 시집을 갔다. 두만강변에 자리한 경원땅은 그 무렵 일제의 만행이 극에 달해 국모인 명성황후 시해사건 이후 도탄 속에 빠진 조선인들이 살길을 찾아 중국 연변으로 이민 가는 길목이었다.

　　그 가운데는 풍전등화의 조국을 건지기 위해 구국의 뜻을 품은 애국지사들도 많았는데 남편 황병길은 어린 마음이지만 그들의 영향으로 나라를 구하는 일에 자신도 예외의 몸이 될 수 없음을 깨닫고 열한 살 어린 신부에게 늙은 시부모를 맡기고 독립운동에 뛰어 들게 된다.

　　1907년 김숙경 애국지사가 21살 되던 해였다. 남편 황병길이 연변과 연해주 일대에서 항일 투쟁을 활발히 전개하며 그 명성이 높아지자 일제는 남편을 체포하고자 혈안이 되어 집으로 들이 닥친다. 그때 김숙경 애국지사는 해산한지 얼마 안 되는 몸인데 남편이 있는 곳을 말하지 않는다는 이유로 어린 핏덩이를 놔둔 채 경찰서로 끌고 가 유치장에 집어넣었다. 그러나 김숙경 애국지사가 남편의 소재를 알려 줄 리가 없었다. 끝까지 모른다고 잡아떼자 구류 10일 만에 고문 상태로 풀어 주었지만 집에 돌아오니 갓난아기는 숨진 지 여러 날 되었다.

　　이때부터 김숙경 애국지사는 남편을 따라 두만강을 건너 만주 훈춘(琿春)으로 옮겨 가 독립운동에 함께하게 된다. 남편 황병길은 여자도 배워야 한다면서 아내에게 조선글을 가르쳐 주어 배운지 얼마 안 돼 조선의 문서를 줄줄 읽어 낼 수 있었다. 그때 김숙경 애국지사 집에는 이종휘, 안중근, 이범윤, 홍범도 같은 쟁쟁한 애국지사들이 드나들었던 참이라 그들의 불타는 독립정신을 자신도 모르게 몸에 익히게 되었다.

1919년 3월 1일 조선에서 만세운동이 일어나자 용정에서도 3월 13일 대대적인 독립만세운동이 일어났다. 김숙경 애국지사도 〈한민회〉에 가담하여 만세운동에 적극 참여하였다. 만세시위 이후에 김숙경 애국지사는 여성들의 독립투쟁을 체계적으로 해야겠다는 결심으로 그해 9월 20일 훈춘현에서 여성들의 항일조직인 〈한민애국부인회〉를 결성하여 회장으로 앞장섰다.

〈한민애국부인회〉는 어머니와 아내들이 자기의 아들이나 남편들을 독립군에 참가시키도록 독려했으며 열악한 경제사정을 극복하기 위해 자신들의 은반지와 머리카락 까지 잘라 의연금을 마련하여 독립자금으로 내놓았다. 뿐만 아니라 훈춘에 300여명의 독립군이 조직되자 이들의 뒷바라지에 혼신을 쏟았는데 특히 부실한 식사를 개선하고자 돼지와 닭을 기르고 이역만리에서 김치를 담가 주는 등 독립군 식단에 신경을 썼다. 독립군이 입을 옷을 만들고 빨래 등을 도맡아 하면서 그들이 독립활동에 전념 할 수 있도록 몸이 부스러지도록 뛰었다.

한편으로 〈한민애국부인회〉 회원들은 마을마다 야학을 세워 조선의 역사와 민족혼을 가르쳤다. 김숙경 애국지사는 연설 실력이 뛰어나 그의 연설장에는 구름 같은 사람들이 몰려들었다.

그러나 1920년 4월 13일 독립운동의 최전선에서 활약하던 남편이 35살로 순국하게 되는 불운을 만났고 자신도 그해 10월 만주의 조선인학살 사건인 '경신년대토벌' 때 잡혀가 갖은 고문을 당했다. 당시 토벌대에 끌려가 보니 자신처럼 끌려온 조선인이 80여명이나 되었다.

　왜경은 큼지막한 구덩이를 파고 잡혀온 이들을 그 앞에 세워 놓고 방아쇠를 당기려 하였다. 그러나 그 순간 여자들은 풀어 주라는 명령으로 구사일생 목숨을 건졌으나 몸은 고문으로 만신창이었다. 이후 몸을 추슬러 독립운동의 맨 앞에서 뛰다 1930년 7월 27일 급성위장염으로 만주에서 숨을 거두게 되는데 그의 나이 44살이었다.

　김숙경 애국지사는 4남매를 두었는데 둘째딸 황정신은 '연통라자항일유격대'에서 통신, 선전, 부녀 사업을 맡다가 체포되어 고문을 받으면서도 혀를 깨물며 동료들을 보호하였으며 이후 또다시 체포될 위기에 이르자 스스로 벼랑에서 뛰어 내려 장렬한 최후를 맞았다. 연변에서는 천추에 이름을 남긴 여성영웅으로 기억되고 있다.

　외아들 황정해는 14살에 '연통라자항일유격대'에서 아동단 단장으로 활약했으며 17살에는 동북인민혁명군 전사로 뛰다가 23살의 나이로 순국하였다.

　김숙경 애국지사는 훈춘현 연통라자(煙筒笯子) 지역에서 살 때 황무지를 개간하여 힘겨운 생활을 하면서도 집 둘레에 무궁화를 심었다. 나라를 잃고 남의 땅에 살고 있지만 언젠가는 조국을 되찾으리라는 마음을 무궁화에 한껏 담아 44살 동안 나라사랑을 몸소 실천한 김숙경 애국지사에게 정부에

서는 그 공훈을 기리어 1995년에 건국훈장 애족장을 추서하
였다.

▲ 김숙경 황병길 부부 이야기가 나오는 〈연변여성〉 1991.10월호

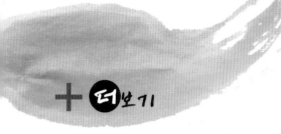

## 안중근과 함께 활약한 남편 황병길은
### 훈춘의 호랑이 독립투사

"제군들! 우리 조선은 열국의 승인에 따라 국치를 면하고
독립을 달성하기 위해 십년간 국외에서 각지를 전전하면서
유랑생활과 같은 참혹한 생활을 하였으며 온전한 국민이라
고 할 수도 없었다. 그런데 지금은 완전한 독립국의 국민이
되는 희열을 느끼니 제군과 함께 만세를 부르자"

- 1919년 3월 20일 오후 1시 무렵 중국 훈춘영사 본관에서
청년들에게 한 황병길의 연설문 가운데 -

황병길 애국지사(黃炳吉,1885. 4.15 ~ 1920.6.1)는 함경북
도 출신으로 러·일전쟁 뒤 일제가 을사늑약을 강행하자 노
령으로 망명하여 이범윤이 조직한 산포대(山砲隊)에 들어갔
다. 최재형·안중근 등과 같이 회령·부령·종성·온성에
서 일본군과 싸웠다. 1919년 3·1만세운동이 일어나자 같은
해 3월 20일 만주 훈춘(琿春)에서 노종환·이명순 등과 함께
5천여 명의 교포를 불러 모아 3·1독립선언 축하 민중대회
를 열고 여러 차례 만세시위를 주도하다가 4월 29일 중국 관
헌에게 체포되었다.

일본영사관은 중국 관헌에게 갖은 외교적 교섭을 벌여 그
를 넘겨줄 것을 요구하였으나, 중국 관헌은 일제의 요청을
거절하고 곧 석방하였다. 같은 해 북간도 동구 남별리(北間
島東溝南別里)에서 대한국민회를 조직하고 교제과장에 뽑
혀, 회장 이명순, 부회장 박관일 등을 보좌하였다. 그리고 훈

춘현 춘화향 4도구(春化鄕四道溝)를 중심으로 2백여 명의
의용군을 모아 군사훈련을 실시하였다.

1919년 3월에는 박치환과 함께 건국회(建國會)를 만들고
25만루불(留)의 군자금을 모아 노령에서 3백정의 무기를 사
서 무장하고 국내진입 계획을 세웠다. 1919년 7월에는 해삼
위의 신한촌(新韓村)에서 이동휘·문창범·김 립·오영선
등 2백여 명의 독립운동 대표들과 함께 신한민회(新韓民會)
를 조직하고 국내진공을 논의하였다.

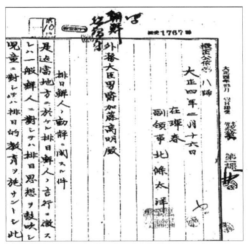

▲ 일제는 중국에서 활동하는 항일조선인 이른바 배일선인(排日鮮人)의 활동을
낱낱이 기록하여 조선의 총독부 고위급에게 보고하였다. 그 가운데서도
황병길 독립투사의 감시는 〈국내외항일운동문서, 국사편찬위원회〉에 따르면
1911년부터 1924년 까지 무려 182건에 달한다.

같은 해 9월에는 이명순 등과 함께 북간도 대표자 회의를
사도구(四道溝)에서 열고 결사대를 만들어 무력항쟁을 계속
하기로 결의하였다. 1920년 1월에 훈춘에서 의용군 1,300여

명을 무장시켜 군무장(軍務長)으로서 국내공격을 지휘하였으며, 훈춘의 연통랍자(煙筒笠子)에 조선애국부인회를 조직하기도 하였다. 같은 해에 북로군정서(北路軍政署)와 통합하여 모연대장(募捐隊長)으로 활약하였으며, 이후 청산리독립전쟁을 승리로 이끄는 바탕을 마련하였다.

1920년 2월부터는 의용군 1,300여명을 무장시켜 경원·온성 등 국경지방을 습격하기도 하였다. 1920년 3월에는 합마당 상촌에서 홍범도·구춘선·이범윤 등 독립군 대표들과 만나 독립운동 단체의 통합방안을 논의하기도 하였으며, 또한 국민의회지부를 고쳐 훈춘 한민회(韓民會)의 경호부장으로 활약하기도 하였다.

그러나 같은 해 4월 과로로 병석에 눕게 되었으며, 1920년 6월 1일 이역 땅에서 한 많은 일생을 마쳤다. 이때 나이 35살이었다.

정부에서는 고인의 공훈을 기리기 위하여 1963년에 건국훈장 독립장을 추서하였다.

# 제암리 비극을 온 몸으로 껴안은
# 김씨부인

해마다 삼월이면
제암리 만세 함성 속에
아련히 들려오는
김씨부인의 애절한 목소리

제국주의 방아쇠
교회 안에 당겨지던 날

어린 핏덩이 끌어안고
피 토하며 숨져간 여인이여

조선의 동포들 불같이 일어나
민족의 이름으로
일제를 꾸짖었노라

제암리 김씨부인 독립의 외로운 길
함께하자고
이천만 동포들
뜨거운 가슴으로 손을 잡았노라

# 김씨부인 (1899 ~ 1919. 4.15)

"일본 중위가 4월 15일 오후에 제암리 마을에 들어와 유시와 훈계를 한다고 기독교도들을 모두 교회에 집합시켰다. 교인 32명이 교회당에 모였으며 무슨 일이 벌어질 것인가 가슴을 두근거리고 있었다. 이때 그 중위의 명령이 내려지자 병사들이 예배당을 포위하고 창문과 출입문을 닫고는 일제히 총을 쏘기 시작했다. 예배당에 있던 한 부인은 갓난아이를 창밖으로 밀어내고 병사들에게 '나는 죽여도 좋지만 이 아이만은 살려 주십시오'하고 애원 했으나 병사들은 내민 어린아이의 머리를 총검으로 찔러 죽였다.

교회 안에서 모두 죽거나 다쳐 쓰러지자 병사들은 교회에 불을 질렀다. 부상을 당한 채 교회 안에 있던 홍 아무개가 창을 뛰어 도망치려다 바로 그 자리에서 무참하게 살해당했다. 강 아무개의 아내는 불길이 오르는 것을 보고 이불로 몸을 싸고 담 아래 숨어 있었는데 병사들이 총검으로 난자해 죽이고 이불에 불을 질렀다."

- 《두렁바위에 흐르는 눈물》가운데서 -

위 기록은 전동례 할머니의 구술기록인 《두렁바위에 흐르는 눈물》에 나오는 글이다. 21살에 남편 안진순을 제암리 학살로 잃고 말 못할 세월을 살아내면서 구술로 지은 책 《두렁바위에 흐르는 눈물》에 나오는 "강 아무개 아내"는 필시 김씨부인이 아닐까 해서 나는 여러 번 이 책을 읽고 또 읽었다. 왜냐하면 제암리 교회의 희생자 가운데 강씨 성을 가진 사람은 강태성 애국지사 한분이기 때문이다.

이름도 없는 강태성 애국지사의 아내인 김씨부인은 경기도 화성 사람으로 1919년 4월 5일 향남면 발안(鄕南面 發安) 장날에 일어난 독립만세 운동에 참여하였다. 김씨부인은 이날 남편 강태성과 함께 1천여 명의 시위군중이 모인 발안 장터에서 태극기를 앞세우고 장터를 행진하였다.

그러나 출동한 일본 경찰의 무차별 발포로 시위대 가운데 3명이 부상을 당했다. 이에 분노한 시위군중은 돌을 던지며 대항하는 과정에서 일본인 순사부장이 돌에 맞아 죽고, 일본인 거주자들이 부상을 입었다. 이 일로 수원에서 대규모의 일본 경찰과 헌병이 파견되어 보복을 위해 검거작업을 벌였고, 그 뒤에도 제암리 일대는 일제의 삼엄한 감시를 받았다.

그러던 차에 4월 15일 오후 2시 쯤 아리타 토시오(有田俊夫)라는 일본군 중위가 인솔한 20여 명의 군경이 제암리에 도착하여, 민간인들에게 알릴 일이 있다고 속여 기독교인과 천도교인 30명을 제암리 기독교 교회당에 모이게 했다. 일본중위는 출입문과 창문을 잠그게 하고 집중사격을 명령하여 그 자리에서 23명이 살해당하는 끔찍한 학살이 일어났고 교회 밖에서 6명이 살해당했다.

일본군은 학살만행 현장을 은폐시키기 위하여 교회에 불을 지르는 일까지 서슴지 않았다. 이 같은 일제의 만행은 외국인 선교사들의 분노를 사게 하여, 4월 17일 캐나다 선교사 스코필드(F.W.Schofield)는 현장으로 달려가 사진을 찍어, 「수원에서의 잔학행위에 관한 보고서」를 작성하여 본국에 보냈으며 일부 양심 있는 일본인들조차 분격케 하여 「저팬 애드버타이저(Japan Advertiser)」와 「저팬 크로니클(Japan Chronicle)」등에서는 학살사진과 목격자의 증언까지 곁들여 상세히 보도하였다.

김씨와 남편 강태성 애국지사는 일제의 만행으로 현장에서 순국하였다. 김씨의 나이 21살이었다. 정부에서는 고인의 공훈을 기려 1991년에 건국훈장 애족장(1968년 대통령표창)을 추서하였다. 또 향남면 발안 장날의 만세운동을 이끌었던 그의 남편 강태성 (姜太成, 모름 ~ 1919. 4.15)도 현장에서 순국하여 정부에서 1991년에 건국훈장 애국장(1968년 대통령표창)을 추서하였다.

▲ 죄 없는 양민 학살 현장에 세운 3 · 1만세운동 순국기념탑에서(화성시 제암리)

## 제암리 사건에 대한 일본의 도덕적 타락

- 이 글은 제암리 사건 이후 1919년 5월 28일자 〈저팬 애드버타이저〉에 앨버트 피터가 쓴 글로 《두렁바위에 흐르는 눈물》156-161쪽에 나오는 글 일부를 정리한 것임 -

일본군이 제암리교회에 총부리를 겨눈 것은 유의해야 할 일이다. 조선 사람들이 전혀 무장을 하지 않은 상태였으므로 이는 전투행위가 아니다. 이것은 거칠고 흥분한 몇몇 군인들이 저지른 일이 아니라 일본군 정규 장교의 명령에 따라 조직적인 군 파견대가 저지른 일이었다. 그때에 진압할 저항이나 폭동도 없었다. 조선에 사법기관이 엄연히 존재하고 법정이 정기적으로 열리는데도 그것을 법률위반 행위로 고발할 조사가 이뤄지지 않았다. 그것은 한마디로 정당한 이유도 없는 계획적인 냉혹한 살육이었다. 이것을 반박할만한 그 어떤 종류의 진정이나 변명도 나오지 않았기 때문이다.

그 사건의 처리는 어떻게 되었으며 앞으로 어떻게 될까? 〈저팬 애드버타이저〉의 기사를 통해서 제암리 사건이 공개된 지 이미 한 달이 지났으며 세계는 그 문제에 대한 답을 초조하게 기다리고 있다. 총독은 선교사들에게 책임자가 처벌되었다고 했다. 나는 이것이 충분한 대답이 되지 못한다고 정중하게 말했다. 누구에게 책임이 있으며 또 그런 범죄에 알맞다고 생각되는 처벌이란 어떤 것일까?

## 조선인 학살에 참여한 일본군 장교에게 가한 처벌은?

조선인 학살에 참여한 파견대를 지휘한 장교가 군법 회의에서 총살형을 당했는지, 불명예 제대를 했는지, 한두 달 동안의 감봉 처분을 받았는지, 다만 앞으로 잘하라는 말만 들었는지, 아니면 좀 더 높은 자리로 승진하는 '벌'을 받은 것인지 도대체 어떤 처벌을 받았는지를 나는 물었다. 이 물음은 심각한 것이다.(중간 줄임)

하세가와 총독은 이상하게도 아무런 책임감도 느끼지 않는 것 같다. 제암리 사건은 천황을 불명예스럽게 한 것이기에 예전 같으면 할복자살로 용서를 빌었을 일이다. 따라서 이번 사건에 대한 총독의 답을 기다리는 대표단에게 그는 스스로 총독자리를 물러나겠다는 의사를 도쿄에 전했어야 했다.

이것만이 그가 할 남자다운 행동이다. 그런데 자신의 책임은 묵살하고 알맹이도 없이 제암리에서 '조선인 학살 책임자를 처벌했다'고 발표하는 것은 어리석고 비열한 짓이다.

그러나 책임은 하세가와 총독보다 높은 곳에 있을 지도 모른다. 일본국민 모두의 도덕적인 책임감은 어떤가? 지난 한 달 동안 나는 이 만행에 대해 일본정부에 공개 항의를 하는 도덕적인 용기와 양심을 가진 일본인이 반드시 있을 것이라 확신하며 그런 움직임을 기대해왔다. 그러나 그것은 헛된 기다림이었다.

조선에는 다른 외국인보다도 몇 곱이나 많은 일본인이 살고 있으며 그들 중에는 고등교육을 받은 사람도 있고 탁월한 자리에 있는 사람도 있다. 그런데도 제암리 사건에 대해 총독을 찾아가 규탄하는 사람은 일본인 가운데는 없고 외국인들이 이 일을 맡았다. 왜 이런 일을 하는 일본인의 모임은 없을까?

## 하세가와 총독을 규탄하고 항의 한 사람은 일본인이 아니라 외국인들 뿐

도쿄는 일본제국주의 신경의 중추이고 모든 종류의 집회와 데모를 하는 본고장이다. 나는 그곳에서 일본국민이 어떤 항의의 움직임이라도 보일까하여 기다렸으나 아무 일도 일어나지 않았다. 항의 데모도, 언론의 들끓는 규탄도 없었고, 어떤 정당도 제암리 사건을 문제 삼으려 하지 않았으며, 더 나아가 조선인의 복지나 정당한 통치의 유지나 제국의 명예를 걱정하는 모습도 없었다.

그 옛날 '총독 암살 음모'사건을 두고 내 친구가 '일본인의 문제점은 다른 민족에게 저지른 잘못을 도덕적으로 반성할 능력이 모자라는 점'이라 한 말이 또렷이 떠올랐다. 분명히 그런 것 같다.

'도덕적으로 반성할 능력'이 모자라므로 제국의 군복을 입은 군인이 무장하지 않은 조선인을 쏘고, 칼로 베고, 불태운 사실에 침묵하는 게 아닌가! 세계가 일본인을 평가하는데 이런 일들이 반드시 영향을 미친다는 것을 그들은 알지 못할까? 일본군대가 저지른 만행을 곧바로 규탄하고 그들을 적절히 처벌하였다면 이번 사태는 좀 더 쉽게 용서 받을 수 있을지 모른다. 그러나 항의의 움직임조차 전혀 없는 그런 냉담한 상태에서는 용서받기가 힘든 것이다.

# 여성이여 비굴치마라 사자후 토한
# 김조이

창원의 딸 푸른 꿈 안고
경성의 다락방에서

헐벗고 무지한 여자들 불러 모아
환난 중인 조국을 일깨웠네

비바람 역경 속에서도
꺾이지 않고
꿋꿋이 독립의 그날까지

여성이여 비굴치마라
사자후를 토해내며
독립투쟁 앞장선
불굴의 정신

조국의 이름으로
영원히 기억하리

# 김조이 (金祚伊, 1904. 7. 5 ~ 납북)

▲ 김조이 애국지사의
서대문형무소 수감 사진
(1935.1.17. 국사편찬위원회 소장)

김조이 애국지사는 1904년 경남 창원군 웅천면 성내리에서 아버지 김종태와 어머니 배기남 사이에서 큰딸로 태어났다. 고향에서 사립학교인 '계광학교'를 졸업한 뒤 서울로 유학을 떠났는데 할아버지가 '300석지기'로 집안은 부유한 편이었다.

1922년 1월 고향에서 계광학교를 마치고 18살 되던 해 서울로 올라와 동덕여자고등보통학교에 입학, 고학을 하던 중 여자고학생상조회(女子苦學生相助會)에 가입해 1926년 집행위원으로 활동하였다. 1925년 1월 21일 서울에서 허정숙 · 주세죽 · 김필순 · 정봉 · 배혁수 · 박정덕 등과 함께 사회주의 여자청년단체인 경성여자청년동맹(京城女子靑年同盟)의 창립 발기인으로 참여, 집행위원에 뽑혀 활동하였다.

김조이 애국지사는 종로구 낙원동에 사무실을 연 경성여자청년동맹에서 여성해방 서적 연구 · 토론, 여성노동자 위안 음악회 등의 사업을 펼쳤고, 무산아동학원 설립, 여성을 위한 문고 설치, 학술강좌 등을 계획하였다. 같은 해 2월 김조이 애국지사는 '전조선민중운동자대회' 준비위원에 뽑혀 활동하다가, 4월, '적기(赤旗) 시위사건'에 연루되어 검거되기도 하였다.

'적기시위 사건'이란 '4 · 21 전조선민중운동자대회'가 경찰의 불허로 무산되자 300여 명의 대표들이 종로경찰서와 동대문경찰서 앞에서 시위를 벌인 사건을 말한다. 1925년 4월 무렵 고려공산청년회 중앙위원 후보로 활동했으며, 11월 고려공산청년회 추천으로 모스크바 동방노력자공산대학에 입학하였다. 1930년 '조선공산당재조직준비위원회 사건'으로 수배되었으나 소재 불분명으로 기소중지 되었다.

1931년 9월 하순 김조이 애국지사는 코민테른(국제공산당) 동양부의 지시로 조선공산당을 재건하기 위해 김복만과 함께 귀국, 함흥을 중심으로 '조선노동좌익재결성'을 이끌다가 1932년 8월 일명 '제2태평양 노사사건'의 주동인물로 지목되어 함흥경찰서에 검거되었다.

당시 언론은 이 사건을 '함남공청사건'이라고 불렀다. 김조이 애국지사는 이 사건으로 2년간 구금되었다가 기소되어 1934년 12월 17일 함흥지방법원에서 이른바 치안유지법 위반으로 징역 3년(미결구류 100일 통산)을 선고받았다. 함흥형무소에 수감됐다가 서대문형무소로 이감됐고, 1937년 9월 20일 형기를 마치고 출소하였다.

한편 김조이 애국지사는 죽산 조봉암과 결혼하여 3명의 자녀를 두었다. 원래 죽산은 강화 출신 김금옥과의 사이에서 딸을 하나 두었다. 그러나 김금옥은 혼인 신고를 하지 못한 채 죽산이 상해에서 수감생활을 하던 중 지병으로 1934년 숨졌다.

김조이 애국지사는 해방 뒤 1945년 11월 전국인민위원회 대표자대회에 인천대표로 참석했고, 12월 조선부녀총동맹에 가입하였다. 1946년 2월 민주주의 민족전선 결성대회에 부녀총동맹 대의원으로 참석하여 중앙위원으로 뽑혔다. 그러나 1950년 6 · 25 한국전쟁 이후 7월 중순 서울에서 강제 납북되었다.

정부는 고인의 공훈을 기려 2008년에 건국포장을 추서하였다.

## 김조이 애국지사가 관여한 <경성여자청년동맹>이란?

1925년 1월 21일에 창립한 사회주의 계열의 여자청년단체
다. 발기인으로는 허정숙, 김조이, 주세죽, 김필순, 정봉, 배
혁수, 박정덕 6명이었다. 당시에는 조선노동총동맹·조선청
년총동맹 등이 결성되어 사회주의 운동이 최고조기에 접어
들던 때였다. 강령은, ① 무산계급 여자청년의 투쟁적 교양
과 조직적 훈련을 꾀함 ② 무산계급 여자청년의 단결력과 상
부상조의 조직력으로 여성의 해방을 기하고, 당면의 이익을
위하여 투쟁함 등이었다. 그런데 강령 제2항이 불온하다는
이유로 왜경에게 압수되었다.

규약에 따르면 회원이 될 자격은 만16살 이상 만 26살 이하
의 여성으로 제한하고, 일반 청년 여성에게 해방 의식을 각
성하게 하는 수양 기관의 설치와, 출판·강연·강습·연구
회 등을 자주 열 것을 사업 계획으로 삼았다.

이들은 정면으로 계급투쟁의 혁명주의를 내세우고 있는데
이는 1924년 조선노동총동맹·조선청년총동맹 등의 결성으
로 급격히 좌경화된 사회운동이 반영된 것이다. 경성여자청
년동맹은 이후 박원희, 김숙정 등이 결성한 경성여자청년회
와 더불어 사회주의여성단체를 하나로 하여 1926년에 중앙
여자청년동맹을 새로 발족시키게 된다.

▲ 경성여자청년동맹 창립 1주년 기념식 기사(1926. 1. 21. 시대일보)

# ✚ 더보기 2

## 남편은 죽산 조봉암 선생 (曺奉岩, 1898.9.25~1959.7. 31)

"법이 그런 모양이니 별수가 있느냐. 길 가던 사람도 차에 치어 죽고 침실에서 자는 듯이 죽는 사람도 있는데 60이 넘은 나를 처형해야만 되겠다니 이제 별수가 있겠느냐, 판결은 잘됐다. 무죄가 안 될 바에야 차라리 죽는 것이 났다. 정치란 다 그런 것이다. 나는 만 사람이 살자는 이념이었고 이승만 박사는 한 사람이 잘 살자는 이념이었다. 이념이 다른 사람이 서로 대립할 때에는 한쪽이 없어져야만 승리가 있는 것이다. 그럼으로써 중간에 있는 사람들의 마음이 편안하게 되는 것이다. 정치를 하자면 그만한 각오는 해야 한다."

이 말은 우리나라 헌정 사상 첫 '사법살인'으로 유명을 달리한 죽산(竹山) 조봉암 선생이 사형 전에 한 말이다. 조봉암 선생은 1958년 1월 간첩죄 등으로 기소돼 사형을 선고 받고 이듬해 7월 형이 집행되었는데 이후 2011년 1월 대법원에서 무죄 판결을 받아 사형 집행 52년 만에 간첩 누명을 벗었다.

죽산(竹山) 조봉암 선생은 경기도 강화군의 빈농 집안에서 태어나 1911년 강화공립보통학교를 졸업하고 강화군청 고용직으로 일했다. 강화에서 3·1운동이 일어나자 이에 참여하였다가 1년간 투옥되었다. 출옥 뒤 일본에 건너가 주오대학(中央大學) 정경학부에서 공부하던 중 우리나라 동경유학생들이 조직한 사회주의·무정부주의계열의 흑도회(黑濤會)에 들어가 활동하였다. 흑도회가 해산되자 대학을 중퇴하고 귀국하여 국내의 항일단체인 조선노동총동맹 문화부책을 맡아 노동운동을 하였다.

1922년 소련령 웨르흐네스크에서 열린 고려공산당 합동회의에 국내파 대표로 참가하여 공산당 파벌 통일에 노력하였으나 실패하였다. 그 뒤 모스크바 코민테른대회에 다른 대표와 함께 참가했다. 1924년 코민테른의 지시로 공산주의지도자 양성기관인 모스크바 동방지도자공산대학 단기과정을 마쳤다.

그 뒤 귀국하여 신사상연구회·북풍회 등 사회주의단체에 가입하여 활동하였으며, 이 두 단체가 통합한 화요회에서는 창설주역으로 활동하였다. 1925년 조선공산당과 고려공산청년회 조직에 참여하였으며, 조선공산당 1차 창당을 이끌었다.

1926년 제2차 조선공산당을 수습, 조직하고 5월에 만주에 가서 조선공산당 만주총국을 조직하였으며 그 책임비서가 되었다. 그 뒤 코민테른의 지시로 상해로 가서 코민테른 원동부(遠東部)의 조선대표도 겸직하였다. 1926년 6·10만세운동에 제2차 조선공산당 조직이 일본경찰에 의하여 다시 해체되자 제3차당인 ML당조직에 참여하였으나 국내당과 마찰을 빚어 지도기능을 잃었다. 그 뒤 코민테른의 결정으로 1국 1당주의 원칙에 따라 중국공산당에 소속되어 활동하였다. 1932년 상해에서 일본 영사경찰에 붙잡혀 신의주형무소에서 7년간 옥살이를 하였다. 그 뒤 고향에서 김조이(金祚伊)와 혼인하고 인천에서 숨어 살았으며, 일본경찰의 요시찰인물로 지정돼 일체의 대외활동이 중지되었다.

1945년 2월 일본 헌병대에 검거되어 다시 수감되었다가 1945년 광복과 더불어 자유의 몸이 되었다. 광복 후에는 건국준비위원회 인천지부에서 활동하였고, 1946년 사회주의 계열인 민족전선에서 활약하였으며, 그 해 5월 박헌영(朴憲永)의 공산주의노선에 공개서한을 보내 비판하였다. 1달 뒤 6월에는 조선의 건국은 '민족 전체의 자유생활보장'을 내걸고 노동계급의 독재, 자본계급의 전제를 다 같이 반대한다는 중도통합노선을 주장하고 조선공산당과 결별하였다.

그 해 8월 이후부터 미군정당국의 좌우파합작을 지지하고 협력하였으며, 1948년 5·30선거 때 인천에서 제헌국회의원으로 당선되었다. 당시 헌법기초위원회 위원직을 맡기도 했다. 정부 수립 후에는 초대 농림부장관이 되었다. 농림부장관시 농지개혁을 적극적으로 추진하였다. 1949년 농림부장관 관사수리비로 농림부 예산을 전용하였다가 국회에서 문제가 되어 그 책임을 지고 장관직에서 물러났고, 1950년 제2대 국회의원에 당선되어 국회부의장에 뽑혔다. 1952년 제2대 정·부통령 선거에 입후보하였다가 차점으로 낙선했다.

1956년 11월 책임 있는 혁신정치, 수탈 없는 계획경제, 민주적 평화통일의 3대 정강을 내걸고 사회민주주의 정당인 진보당(進步黨) 창당준비위원회를 발족, 제3대 정·부통령 선거에 박기출(朴己出)을 부통령후보로 내세워 대통령에 출마하였으나 다시 낙선하였다.

1957년 진보당을 창당하고 위원장에 뽑혔으며, 1958년 5월 국회의원선거에 지역구 후보를 내세워 원내에 진출하였다. 1958년 1월 간첩죄 및 국가보안법 위반혐의로 진보당원 16명과 함께 검거되어 대법원에서 사형이 확정, 1959년 11월 사형이 집행되었다.

조봉암의 복권과 관련해서는 학계 및 정치권에서 여러 차례 시도가 있었다. 1992년 10월 여야 국회의원 86명이 서명한 사면 복권 청원서가 국회에 제출되기도 했다. 2007년 9월 27일 진실·화해를 위한 과거사정리위원회는 조봉암이 연루된 진보당 사건이 이승만 정권의 반인권적 정치탄압이라고 결론을 내리고, 유가족에 대한 국가의 사과와 독립유공자 인정, 판결에 대한 재심 등을 권고하였다. 이후 52년이 지난 2011년 1월 20일에 대법원 전원합의체에서 국가변란과 간첩 혐의에 대해 전원 일치로 무죄가 선고되어 신원이 복권되었다.

# 청홍 조각보에 새긴 태극기 꿈
## 노영재

구순 나이 이르도록
청홍조각 잇댄
태극기 품에 안고
모진풍파 견뎌 온길

장강의 푸른 물 따라
떠돌던 수많은 나날

혀 깨물며
천지신명께 맹세한 건
오직 조국 광복의 꿈

멀고도 험한 가시밭 길
내딛는 걸음마다

태극의 괘 나침반 되어
기필코 이뤄낸
광복의 환희여

# 노영재 (盧英哉, 1895. 7.10 ~ 1991.11.10)

▲ 고운 한복 차림의 노영재 애국지사 (사진 국가보훈처 제공)

"임시정부 의정원 의장을 지냈던 고 김붕준 선생의 부인인 올해 93살인 노영재 여사가 오늘 공개한 이 대형 태극기는 가로 1m90cm에 세로1m50cm로 누렇게 퇴색되기는 했지만 명주바탕에 청홍의 태극과 괘가 선명하게 드러나 있습니다. 태극무늬와 괘는 물들인 것이 아니라 색깔 있는 천을 일일이 바느질로 꿰맨 것으로 당시 노여사가 밤을 새워 직접 만든 것이 특징입니다." 1987년 2월 28일 MBC 문화방송에서는 이와 같이 노영재 애국지사가 만든 태극기를 공개했다.

당시 93살이던 노영재 애국지사는 "이 태극기를 만들면 우리나라가 독립한다고 해서 기쁜 마음으로 만들었다. 이 태극기를 가보로 물려 후손들에게 독립정신 등 역사의식을 고취하는 산 교과서로 삼겠다"는 말을 덧붙였다. 대형 태극기를 일일이 한 땀 한 땀 힘겨운 바느질을 하면서 조국의 독립을 바라던 노영재 애국지사의 마음이 찐하게 전해온다.

노영재 애국지사는 평남 용강에서 태어났다. 대한민국 임시의정원의장을 지낸 김붕준 애국지사 부인으로 1921년 6월 26살 되던 해 중국 상해에서 밀파된 안내원을 따라 전 가족이 인천항에서 어선을 타고 상해로 망명했다. 앞날을 알 수 없는 고난의 길에는 애국부인회(愛國婦人會) 회장인 김마리아도 함께 했다. 당시 김마리아 회장은 왜경에 잡혀 심한 고문을 받고 몸 상태가 안 좋았는데 지극 정성으로 간호하며 상해까지 함께 갔다.

먼저 가 있던 남편과 3년 만에 만났지만 임시정부 생활의 고단함이란 이루 말 할 수 없었다. 윤봉길 의사의 상해 의거 이후 보따리를 싸야했던 임시정부는 상해, 항주, 진강, 장사, 광주, 유주, 기강을 거쳐 중경에 이르기까지 끝없는 가시밭길을 걸어야 했다.

노영재 애국지사는 8·15광복을 맞아 환국 할 때까지 27년간을 임시정부를 따라 중국 여러 곳을 옮겨 다니며 온갖 고초를 무릅쓰고 임시정부 요인들과 독립투사들의 의식주 문제를 해결하는 등 정성을 다하여 뒷바라지에 힘썼다. 또한 1941년 6월 한국혁명여성동맹(韓國革命女性同盟)의 결성에 참여하였고 1944년 3월에 민족혁명당(民族革命黨)에 가입하여 조국 독립을 위해 활동 하였다. 정부에서는 고인의 공훈을 기리어 1990년에 건국훈장 애국장을 추서하였다

## 노영재 애국지사 집안은 온 가족이 독립운동가였다

* 남편 : 김붕준(金朋濬, 1888. 8.22 ~1950 납북)
  1989년 건국훈장 대통령장 수훈

  김붕준 애국지사는 독립운동세력을 하나 되게 이바지한 임시의정원 의장을 맡았으며 2013년 4월의 독립운동가로 뽑혔다. 평안남도 용강에서 태어나 1919년 서울에서 3 · 1독립만세 운동에 앞장섰으며 선생의 집안은 부인(노영재), 장남(김덕목), 큰 딸과 사위(김효숙과 송면수), 둘째 딸과 사위(김정숙과 고시복) 등 7명이 독립운동에 헌신한 공로로 서훈을 받은 독립운동 가문이다.

  김붕준 애국지사는 기독교의 영향 속에서 신학문과 한학을 공부하였고, 1908년 보성중학교에 입학한 후 서우학회(서북학회) 및 신민회와 청년학우회에 가입하여 본격적으로 국권회복운동에 뛰어들었다. 대한적십자회와 흥사단 원동위원부에 가입하여 활동하였으며, 독립운동 재정 마련을 위하여 공평사를 설립하여 협동조합 형식의 경제운동도 추진하였다.

  1927년 한국유일독립당 상해촉성회를 결성하여 집행위원으로 민족유일당 운동을 지도하였고, 1930년 한국독립당을 출범시켜 민족통일전선 구축운동을 계속하였다. 1932년 한국독립당 광동지부장으로 화남지역의 독립운동 역량을 강화하였고, 1933년 임시정부 주월(광동)대표단 단장으로 항일투쟁 과정에서 한·중 양국이 협력할 수 있도록 외교역량을 발휘하였다.

1939년 임시의정원 15대 의장으로서 독립운동의 최우선 과제가 민족내부의 통일이라는 신념으로 독립운동세력의 단결에 힘쓰는 한편, 1944년 임시정부 국무위원으로 뽑혔고, 1945년 신한민주당을 창당하는 등 조국광복을 위하여 온 몸을 바쳤다.

1945년 광복을 맞아 환국하여 신탁통치반대, 통일민족국가 건설운동에 전념하다가 1950년 6·25 한국전쟁 때 납북되어 전란 속에서 숨졌다.

## * 아드님 : 김덕목(金德穆, 1913. 5. 10 ~ 1977. 7. 2)
## 1990년 건국훈장 애국장 수훈

김덕목 애국지사는 일찍이 아버지 김붕준을 따라 상해로 건너가 인성학교를 졸업하였다. 1931년 흥사단에 가입하여 한중 우호 증진 및 항일의식을 드높이기 위하여 활동하던 중 윤봉길의 홍구공원 의거로 독립운동가 일제 검거에 나선 왜경에 의하여 1932년 4월에 체포되었다가 같은 해 5월 14일 가출옥하였다. 그 뒤 중산(中山)대학에 재학하다가 1939년 3월 중국 중앙군관학교에서 군사훈련을 받고 중국군에 들어가 항일전에 참전하였다. 1940년 2월 중국 군사위원회 군령부 첩보학교를 졸업하고 중국군 상위(上尉)로 적의 정보 수집에 전념하는 한편 광복군 총사령부 참모로서 독립운동에 참가하였다.

**\* 큰 따님 : 김효숙 (金孝淑, 1915. 2.11 ~ 2003. 3.25)**
**1990년 건국훈장 애국장 수훈**

광복군 제2지대원 출신인 김효숙 애국지사는 평남 용강(龍岡)에서 태어나 6살 때인 1921년 임시정부 요인이던 아버지 김봉준을 따라 온가족이 중국으로 망명하였다. 2년 전 아버지는 3·1만세운동에 참여한 뒤 중국으로 먼저 건너갔으나 조선에 파견되었다. 그때 용강면 구룡리 자택을 독립운동 자금 모집처로 정한 다음 어머니에게 그 책임을 모두 맡기고 상해로 돌아갔다. 그러나 왜경의 감시가 심해오자 어머니는 효숙과 정숙 두 자매를 데리고 상해로 건너갔다.

외갓집에 가는 줄 알고 따라나섰던 효숙, 정숙 자매는 제물포에서 작은 목선으로 40일간의 항해 끝에 아버지가 있는 상해에 도착하였다. 효숙 일가는 상해 하비로에 주거를 정하고 동포 자녀를 위해 세운 인성소학교에 다녔다. 당시 아버지는 임시정부의 요인으로 활동하면서 교민단 조직, 독립신문 발간, 인성소학교 경영을 맡았으나 자금난에 늘 허덕였으므로 모든 생활은 어머니가 져야했다.

당시 망명지사들의 생활은 대동소이했다. 1932년 상해 홍구 공원에서 윤봉길 의사의 거사이후 상해 조계지에 대한 왜경의 감시가 좁혀오자 어머니는 효숙, 정숙 자매를 아버지가 있는 광주(꽝쩌우)로 보내게 되는데 거기서 효숙은 국립 중산대학을 나왔다. 그 뒤 동포 2세들에게 한글과 조선의 역사를 가르쳤다.

참 기쁘구나 3월 하루 / 독립의 빛이 비췄구나 / 3월 하루를 기억하며 / 천만대 가도록 잊지마라 만세만세 만만세 / 우리 민국으로 만세 만세 만세 / 대한민국 독립만만세라.

당시 동포사회에서는 3·1절이 유일한 명절이었는데 이날만 되면 모두 조국광복을 염원하는 위와 같은 노래를 불렀다. 1938년에는 "한국광복진선청년공작대"에 가입하여 대일선무공작(對日宣撫工作)에 참가하였으며, 1940년에는 한국혁명여성동맹 부회장에, 그리고 1941년 10월에는 임시정부 의정원 의원에 뽑혀 활약하였다.

1944년 10월 광복군 제2지대에 여성의 몸으로 지원하였다. 당시 여자대원은 각 지대마다 30여 명씩 배치되었는데 남자대원들과 똑같이 취사, 통신, 정보수집, 모금 등에 참여하였을 뿐만 아니라 일본군의 사기를 저하시키기 위한 심리작전 전술의 하나로 매일 밤 일본인 어머니가 아들을 애타게 그리는 위장 편지를 썼다. 김효숙 애국지사의 동생 김정숙 애국지사의 경우는 2년 동안 매일 밤 하루에 천여 통씩 편지를 썼다고 한다.

광복군이 없었더라면 8·15 광복이후 일본의 패잔병들 틈에 끼인 우리의 학병들이 태극기를 들고 광복군과 함께 조국에 돌아오지 못하였을 것이라고 김효숙 애국지사가 증언할 만큼 당시 광복군의 활약은 눈부셨다.

* 김효숙 애국지사는《서간도에 들꽃 피다》3권 57쪽에서 다룸

## * 큰 사위 : 송면수(宋冕秀, 1910. 3.14 ~ 1950. 8.10)
### 1992년 건국훈장 애국장 수훈

송면수 애국지사는 강원도 회양(淮陽) 사람으로 1930년 항일독립운동을 목적으로 중국 상해로 망명한 뒤 1937년 7월 1일 중국 광동에 있는 국립중산대학(國立中山大學) 법학원(法學院) 경제학과를 졸업하였다. 1938년 나월환·안춘생 등

200여 명과 함께 한국청년전지공작대(韓國靑年戰地工作隊: 광복군 제2지대 전신)를 조직하여 한구(漢口)·무창(武昌)·대전·장사(長沙) 전투에 참전하였으며, 1940년 임시정부가 중경으로 이동하자 후방공작을 담당하면서 항일무력투쟁을 펼쳤다.

또한 장사 마원령에서 40여 명의 한국 청년들과 자신이 직접 각본을 쓴 '국경의 밤'·'상병의 벗'·'전야' 등 항일극을 야전병원과 군부대에서 공연하여 사기를 북돋우는 문화선전 활동을 이끌었다. 1942년 4월 1일 한국광복군 제2지대 개편 때 정훈조장(政訓組長)으로 활동하다가 같은 해 10월 27일 정훈조장 안훈과 조원으로 활동하였다.

항일전이 장기화되자 정규 군사교육을 이수해야겠다는 절실한 필요에 따라 1940년 성도(成都)의 중국육군군관학교 제18기생으로 입교하여 1943년 1월 제1총대 통신병과를 졸업하고 장교로서 군사전문지식을 갖추었다. 1943년 8월에는 한국독립당 제3차 전당대회에 참가하여 중앙집행위원회 상무위원 겸 선전부 주임으로 되어 활동하였다. 그리고 이듬해인 1944년 6월 19일에는 대한민국임시정부의 기구 확대강화에 따라 문화부 편집위원과 선전부 편집위원으로 같은 해 8월 21일까지 활동하였다.

그 뒤 1944년 이범석이 이끄는 한국광복군 제2지대의 정훈조장으로 활약하면서 미국정보처(O.S.S) 두곡지대(杜曲支隊)에서 교육훈련을 받았으며 국내정진군(國內挺進軍) 황해도 지방반장으로 임명되어 국내진공을 준비하고 있던 중 1945년 8월 15일 광복을 맞이하였다. 1946년 대한민국임시정부의 명에 따라 광복군을 이끌고 귀국하였다. 6·25 한국전쟁에 참전하여 1950년 8월 10일 전사하였다.

**\* 작은 따님 : 김정숙(金貞淑, 1916. 1. 25 ~ 2012. 7. 4)**
**1990년 건국훈장 애국장 수훈**

　김정숙 애국지사는 1919년 아버지 김붕준을 찾아 어머니와 언니와 함께 중국으로 망명하였다. 1937년 7월 광동 중산(中山)대학 재학 중 학생전시복무단을 조직하고 항일의식을 드높였다. 1938년 한국독립당에 가입하였으며, 1940년 6월 17일에는 중경 한국혁명여성동맹을 조직하여 상임위원 겸 선전부장으로 활동하였다.

　같은 해 9월 17일 광복군이 창립되자 여군으로 입대하여 대적심리공작을 했다. 1942년 4월 임시정부 교통부 비서, 1943년에는 의정원 비서, 1944년 6월에는 법무부 비서 겸 총무과장에 임명되었다. 1945년에 심리작전 부문을 중요시하게 된 광복군 총사령부가 작전처 안에 심리작전 연구실을 새로 만들게 되자 여기에 파견되어 보좌관으로서 한국어를 전담하여 전단작성, 전략방송, 원고작성 등 여러 가지 심리작전을 했다. 1945년 11월까지 임시정부 국무위원의 주화대표단 비서처 비서로 활동하다가 귀국하였다.

**\* 작은 사위 : 고시복(高時福, 1911. 4. 18 ~ 1953. 5. 7)**
**1990년 건국훈장 애국장 수훈**

　고시복 애국지사는 황해도 안악(安岳) 사람이다. 1931년 일본에서 중경(中京)상업 학교를 졸업하고, 상해로 망명하였으며, 1936년 6월 16일 중앙육군군관학교 제10기를 졸업하고 중국군 9사단에서 복무하면서 대일전에 참전하였다.

　1937년 10월 20일에는 중일전(中日戰)에 참전하여 남구잔(南口棧)에서 일군을 무찌른 공로로 임시정부 군무부장 조성

환으로부터 포상을 받기도 하였다. 1939년에는 임시정부 군사특파단 일원으로 섬서성 서안(陝西省 西安)에서 활약하였으며, 1940년 9월에 한국광복군이 창설되자 총사령부 부관에 임명되어 창군업무에 이바지하였다.

같은 해 11월 총사령부가 중경에서 서안으로 이동하게 됨에 따라 그는 광복군 제2지대 간부로 전입되어 수원성 포두(綏遠省 包頭)를 근거지로 하여 항일투쟁을 계속하였다. 1942년 12월에는 임시정부 군무부원을 겸직하였으며, 1943년 3월 20일에는 한국독립당에 가입하고 임시정부 내무부 총무과장에 임명되어 활동하다가 1944년 6월 13일 민정과장으로 옮겨 1945년 2월 19일까지 일했다.

1945년 4월에는 광복군 정령(正領)으로 총사령부에 심리작전연구실이 설치되자 그 주임을 맡아 대적 심리전 공작을 하다가 광복을 맞이하였다. 6 · 25 한국전쟁에 참전하여 육군 준장으로 1953년 5월 7일 원주지구 전투에서 순직하였다.

## 무등산 소녀회로 왜경을 떨게 한
# 박옥련

무등산 푸른 정기
누천년 흐르는 땅

청운의 꿈동산에
어린 소녀 불러 모아

아픈 조국의 상처 매만지며
민족의 새살 돋게 한 임이시여

꿈 많은 열여섯 소녀
차디찬 감옥에서
모진 박해 견디며
독립의 끈 놓지 않았던

임은
티 없이 맑고
강한 소녀였어라

## 박옥련 (朴玉連, 1914.12.12 ~ 2004.11.21)

▲ 증손자와 다정한 한때(증손녀 한서인, 규일과 1997년 2월 8일 설날)

"형님이 돌아가시고 제가 어머니를 4년간 모셨습니다. 어머니는 돌아가시기 전날까지 앓아누우시지 않고 잠자듯이 운명하셨습니다. 제가 어머니를 많이 닮았다고 해요" 박옥련 애국지사의 차남 한상철(79살) 씨는 고양시 중산마을 집으로 찾아간 글쓴이에게 이렇게 운을 떼었다.

"어머니는 독립운동에 대해 그다지 많은 말씀은 안 해주셨습니다. 다만 감옥에 끌려가서서 고통을 받으셨다는 말씀은 조금 하셨습니다." 차분한 목소리로 어머니를 회상하는 아드님의 모습은 꾸미지 않은 겸손함 그 자체였다. 박옥련 애국지사를 살아생전 뵙지는 못했지만 왠지 당신을 많이 닮은

아드님을 뵙는 순간 가슴이 뭉클함을 느꼈다. 돌아가시기 전에 좀 더 일찍 찾아 나섰다면 하는 마음에 가슴이 저렸다. 박옥련 애국지사는 슬하에 2남 1녀를 두었으며 한상철 씨는 차남이다.

박옥련 애국지사는 전남 광주에서 태어났다. 당시 광주농업학교 1회 졸업생이었던 아버지는 '여자도 남자와 동등하게 공부를 해야 한다'는 생각으로 딸을 광주여고보(현, 전남여고)에 입학 시켰다. 광주여고보 1회로 입학한 박옥련 애국지사는 15살 되던 해인 1928년 11월, 장매성·장경례·암성금자·박계남·고순례 등과 함께 조국의 독립과 여성해방을 목표로 항일학생결사조직인 소녀회(少女會)를 결성하였다.

이들 당찬 소녀들은 맨 처음 장매성 친구의 집에서 만나 소녀회 모임을 구상했으나 들킬 위험이 커 나중에는 전남사범학교 뒤뜰에서 만났고 삼엄한 감시 속에서도 매월 1회 월례연구회를 통하여 항일의식을 드높였다.

한편 이들은 성진회(醒進會)의 항일정신을 계승하고 광주학생의 항일운동을 조직적으로 펼치기 위해 1929년 6월에 결성된 독서회 본부와도 연락을 갖고 활동하였다. 그리하여 독서회가 독서회원의 친목단결 및 재정활동 지원을 위해 학생소비조합을 조직할 때 각 학교 독서회 및 학생들로부터 자본금을 출자하게 했는데 이때 광주여고보에서는 소녀회가 주동이 되어 자본금 30원을 출자하였다.

또한 1929년 11월 3일, 광주학생독립만세운동 때에는 소녀회가 앞장서서 가두시위를 이끌었으며 시위 때 다친 부상학생을 치료하는 한편 식수를 공급하고 돌멩이를 날라다 주는 등 남학생들의 가두시위를 도왔다. 당시 왜경은 시위 주동 학생을 붙잡기 위해 등에 분필로 동그라미를 표시했는데 소녀회 회원들이 물수건을 준비하여 시위학생의 등에 그린 분필을 닦아주면서 광주역과 공원 등에 모여 항일 투쟁 현장을 뒤따랐다.

이러한 적극적인 소녀회 활동은 곧 왜경에 들켰고 박옥련 애국지사는 1930년 1월 15일에 잡혀, 1930년 10월 광주지방법원에서 이른바 치안유지법 위반으로 징역 1년, 집행유예 5년형을 언도받았다.

박옥련 애국지사는 옥중생활에 대해 "결코 나는 장한 일을 한 것이 아니다. 미결기간 동안 옥중생활은 후일 내게 큰 교훈이 되었다. 그때의 고통은 이루 말할 수가 없다. 참으로 일제에 나라를 빼앗긴 일은 민족의 불행한 일이었다"고 증언했다.

정부에서는 그의 공훈을 기리기 위하여 1990년에 건국훈장 애족장(1983년 대통령표창)을 수여하였다.

## 장안의 주목을 끈 광주 소녀회 공판날 표정

少女會被告

▲ 소녀회에 참여하여 활동한 동료들-위에서 둘째 줄 왼쪽 첫 번째가
박옥련 애국지사(1930.9.30.동아일보)

광주학생 3대비밀사건 중의 하나인 소녀회장 장매성 이하 11명에 대한 공판은 예정대로 1930년 29일 오전 열시부터 광주 지방법원 제1호 법정에서 열렸다. 그러나 이날 법정은 광주 법원이 생긴 이후 처음으로 열리는 치안유지법 위반 사건 공판뿐 아니라 전년도에 있었던 전조선학생 사건이 발단

이 되어 발각된 비밀결사 사건임으로 광주 경찰서에서는 이 날 아침 여섯시 무렵부터 정사복 경관이 총출동하여 재판소 부근과 형무소 부근을 물샐틈없이 경계 하였다.

형무소 측에서는 오전 일곱 시 반부터 피고들을 자동차 두 대에 나눠태워 재판소로 보냈다.

이른 아침부터 기다리던 이 공판을 보려고 몰려든 학부형들과 피고의 친지들은 자동차가 법원 정문에 도착하자 일시에 몰려들었다. 그러나 경계하던 경찰관의 제재로 법정부근에는 가지도 못하고 몇 장 안 되는 입장권을 남보다 먼저 얻으려고 애쓰는 광경을 신문들은 앞 다투어 보도했다. 이날 검사의 구형은 다음과 같다.

〈징역 1년〉

박옥련, 박계남, 고순례, 장경희, 암성금자, 남협협, 박래희, 박현숙, 김금연 , 김귀선, 장매성(징역 2년)

# 황폐한 식민지 땅 겨레혼 심어준
# 박현숙

황폐한 식민지 땅
이르는 곳마다
배움에 목마른 동포 끌어안아
겨레혼 심어준 이여

숭의에선 송죽회요
기전에선 공주회라

삼엄한 왜경 따돌리고
민족 교육 쉬울 손가

임의
목숨 내건 독립의지
제자들 뜨거운 마음으로
스승의 길 함께했네


* 숭의는 평양의 숭의여학교, 기전은 전주의 기전여학교

# 박현숙 (朴賢淑, 1896.10.17 ~ 1980.12.31)

▲ 박현숙 애국지사

"1915년 4월 우수한 성적으로 숭의학교를 졸업한 박현숙 선생은 기전의 수학교사로 부임하였다. 후리후리한 키에 뛰어난 미모는 학생들을 매료시키기에 충분하였다. 박 선생은 기전에 와서도 한시도 조국과 민족을 잊은 적이 없었다. 박 선생과 학생들은 비밀결사대를 조직하였다. 명칭을 공주회로 정하였다. 공주회는 평양의 비밀결사대인 송죽회의 전주지부인 셈이었다. 공주회라는 뜻은 구약성경에 보이는 애굽(이집트)왕궁에서 모세를 길러준 공주를 상징하는 것이었다. 선생은 공주회를 통해 국가를 위해 나를 바치는 참된 애국자의 길을 학생들에게 심어주었다. "

-《기전 80년사》기전여자고등학교, 1982 -

박현숙 애국지사는 평양에서 아버지 박정규와 어머니 최광명의 8남매 가운데 둘째로 태어났다. 어머니는 1890년대 초 평양에 기독교가 전파될 때 기독교 신앙을 받아들여 독실한 기독교인이었다. 일찍부터 여자아이도 신식 교육을 받아야 한다는 부모님의 권유로 5살 때부터 감리교 선교사들이 설립한 정진학교에 들어 가《천자문》을 포함한 수학과《사민필지》같은 책으로 세계 지리를 익혔다.

15살에 정진학교를 마치고 중등교육기관인 숭의여학교에 입학한 박현숙 애국지사는 마침 이곳에서 투철한 민족교육을 가르치던 김경희 선생과 황애시덕 선생을 만나 항일의식을 싹틔우게 된다. 숭의여학교에 재학 중이던 1913년 김경희·황애시덕 선생이 조직한 비밀결사 조직인 송죽형제회(松竹兄弟會)에 가입하여 활동하였다. 이 모임은 항일민족의식의 드높임과 독립지사 가족들의 후원활동을 폈다.

박현숙 애국지사는 숭의여학교 졸업 후 전주 기전(紀全)여학교에 교사로 부임하여 교내에 송죽결사대지부인 공주회를 조직하고 황애시덕에 이어 제3대 회장에 뽑혀 이 모임을 이끌었다. 또한 기전여학교에서 일제의 눈을 피해 과외수업으로 한국사를 가르치는 등 구국교육에도 온 힘을 쏟았다.

3·1만세운동 당시에는 평양시내의 시위운동을 주도하다 왜경에 잡혀 징역 1년형을 언도받았으나 병이 깊어 집행유예로 출옥하였다. 1919년 11월에는 기독교 감리파와 장로파의 애국부인회(愛國婦人會)가 통합하여 확대, 조직된 대한애국부인회(大韓愛國婦人會)에 가입하여 평양감리파지회 부회장으로 활동하였다. 이 모임은 항일독립사상의 드높임과 독립운동 자금모집에 힘써 2천 백여 원의 군자금을 모아 상해 임시정부에 보냈다. 이 과정에서 박현숙 애국지사는 1920년 12월 또다시 왜경에 잡혀 1929년 2월 평양복심법원에서 징역 1년 6월형을 언도받고 옥고를 치르다가 1922년 5월 28일 가출옥하였다.

그 뒤 신간회(新幹會)의 자매단체로서 1927년에 결성된 근우회(槿友會)에 가입하여 1928년 7월 근우회 임시전국대회에서 집행위원으로 뽑혔으며 1929년 7월 평양지회 정기대회에서 조신성(趙信聖) 등과 함께 집행위원에 뽑혀 재무부와 검사부의 분과를 맡아 여성의 지위향상과 항일독립운동에 힘썼다.

1953년 대한부인회 최고위원을 역임하고 숭의여자중고등학교를 설립하여 이사장으로 여성운동과 교육사업에 힘썼다. 정부에서는 고인의 공훈을 기리어 1990년에 건국훈장 애국장(1980년 건국포장)을 추서하였다.

## 일제의 고문으로 불구된 남편 김성업 애국지사

"대체로 한일국교 정상이란 애당초 근본적인 마음 자세가
필요하다. 결코 (일본이) 오만하거나 우월의식을 갖고서는
한국인들과 인간관계는 이룩될 수 없다. 나 자신, 그리고 내
남편도 모두 일제강점기에 고문당했고 아무런 죄도 없이 투
옥 되었다. 그러더니 결국 내 남편은 그 심한 고문 끝에 재기
못하고 불구자로 한 평생을 살다가 세상을 떠나고 말았다."

　-《청해, 박현숙 선생이 걸어 온길, 심은대로》박찬일 지음 -

　박현숙 애국지사는 남편 김성업(金性業, 1886. 2. 1 ~ 1965.
1.19) 애국지사가 일제의 고문으로 불구가 되어 생을 마감
하는 불운을 겪어야 했다. 선생은 그러한 사실을 1967년 2월
한일문화협의회 초청으로 일본을 방문했을 때 일본부인들
앞에서 당당히 말했던 것이다.

　남편 김성업 애국지사는 평안남도 대동(大同)에서 태어나
1920년부터 시작된 조선물산장려운동(朝鮮物産奬勵運動)에
적극 나서서 평양시민 궐기대회를 소집하여 이를 전국적으
로 확산시키는데 이바지하였다.

　1922년 7월에는 동아일보 평양지국에서 조명식·김병연
등과 동우구락부(同友俱樂部)라는 단체를 조직하여 독립운
동을 전개하였으며, 이 단체는 수양동우회(修養同友會)가
조직될 때까지 활동을 계속하였다.

1926년 4월 수양동우회 간부회의에 참석한 그는 조병옥·
이윤재·정인과 등과 함께 서울에서 기관지 동광(東光)을
발행하기로 결정하고, 같은 해 5월부터 이를 펴내 민족정신
을 드높였다.

　　1928년 7월에는 평양과 안악에 지부를 설치하였으며, 수양
동우회 약법(約法) 초안을 작성하여 상해의 안창호와 협의
확정하기도 하였다. 1930년 1월 민족진영과 사회주의계열이
합의하여 민족운동의 구심체로서 신간회를 결성하자 조만
식과 함께 평양지회를 조직하였으며 그는 서기장에 뽑혀 활
동하였다.

　　한편 수양동우회 활동에도 적극 참가하여 백영엽·김항복
등 동지들을 다수 가입시켜 동우회 운동의 활성화를 꾀하였
으며, 1934년 7월에는 소년척후대(少年斥候隊) 조직에 관여
하여, 평양연맹 부이사장에 임명되어 활동하기도 하였다.

　　이렇게 각 방면으로 독립운동을 위해서 활동하던 김성업
애국지사는 1937년 6월 동우회 운동으로 동지들과 함께 왜
경에 잡혀 1940년 8월 21일 경성복심법원에서 이른바 치안
유지법 위반으로 징역 3년형을 받았으며 고등법원에 상고하
여 1941년 11월 17일 무죄판결을 받아 석방되었으나 고문과
옥고의 여독으로 불구가 되었다. 정부에서는 고인의 공훈을
기리어 1990년에 건국훈장 애국장(1980년 건국포장)을 추서
하였다.

# 병약한 몸 이끌고 독립의 노래 부른
# 신의경

금지옥엽으로 기른 귀한 딸
왜경의 군홧발에 치어
학교 안에서 잡혀가던 날

담담히 수갑 차고 돌아서던
병약한 외동딸 다신 못보고
무더위 속 가슴 앓다
끝내 숨겨간 어머니

쇠창살 속에서 오매불망
그리던 어머니
영정으로 만나

어머니 몫까지 독립의지 다지며
묵묵히 걸어온 고난의 길

천국의 어머니도 장하다
웃음 지으시겠지

# 신의경 (辛義敬, 1898. 2. 21 ~ 1997. 8. 11)

▲ 대구감옥소 동지들 1 김영순 2 황애덕 3 이혜경 4 신의경 5 장선희
6 이정숙 7 백신영 8 김마리아 9 유인경 (사진 연동교회 제공)

　순원(신의경 애국지사의 호)의 어머니와 아버지, 그리고 어린 손녀를 끔찍하게 아끼는 할머니에게는 커다란 근심거리가 하나 있었다. 다름 아닌 어린 순원이 병치레를 자주 하는 것이 큰 문제였다. 설상가상으로 순원이 일곱 살 되던 해인 1905년 아버지가 42살로 돌아가셨다.

　그러나 연동소학교에서 교편을 잡던 어머니 신마리아 여사와 할머니의 지극 정성한 보살핌 덕에 순원은 여덟 살에 그런대로 건강을 회복하여 연동소학교에 입학하게 되었다. 그러나 연동소학교 졸업이후 정신여학교에 다니는 동안에도 순원은 끊임없는 병마와 싸워야 했다.

그러는 사이에 할머니와 어머니는 순원의 병회복을 위해 좋다는 약은 다 구해 먹이고 특히 가마솥에 소의 골을 끊임없이 고아 먹였다. 훗날 순원은 자신이 먹은 소가 300마리나 될 것이라고 회상했을 만큼 할머니와 어머니는 허약한 순원을 살려내려고 백방으로 뛰었을 뿐 아니라 돈독한 신앙심으로 하느님께 매달렸다.

그런 극진한 보살핌으로 정신여학교를 1918년 3월 25일 10회로 졸업하고 모교에서 교편을 잡은 지 얼마 안 돼 1919년 비밀결사 조직인 대한민국애국부인회(大韓民國愛國婦人會)에 가입하여 항일독립운동을 폈다.

대한민국애국부인회는 1919년 3월 오현주·오현관·이정숙 등이 조직한 혈성단애국부인회(血誠團愛國婦人會)와 최숙자·김원경·김희열·김희옥 등이 중심이 된 대조선독립애국부인회(大朝鮮獨立愛國婦人會)가 같은 해 6월 대한민국청년외교단(大韓民國靑年外交團) 총무 이병철의 주선으로 통합하여 결성된 단체다.

대한민국애국부인회는 기독교회·병원·학교 등을 이용하여 조직을 전국적으로 확대하면서 회원들의 회비와 수예품 판매를 통해 독립운동 자금을 모아 상해 임시정부를 지원하였다. 이 단체는 1919년 9월 김마리아·황애시덕을 중심으로 결사부(決死部)·적십자부(赤十字部)를 신설하고 항일독립전쟁에 대비한 체제로 조직을 바꾸었는데 순원은 여기서 서기와 경기도지부장일을 맡아 활동하였다.

이 조직은 본부와 지부를 통해 임시정부 국내 연통부(聯通府)와 대한적십자회(大韓赤十字會) 대한총지부(大韓總支部)

를 연결하는 일을 맡았다. 또한 독립운동자금 모집에 힘써 당시 돈 6천원의 군자금을 임시정부에 보냈다.

이 일로 순원을 비롯한 동지들은 1919년 11월 왜경에 잡혀 1920년 6월 대구지방법원에서 징역 1년형을 언도받고 옥고를 치렀다.

정부에서는 고인의 공훈을 기리어 1990년에 건국훈장 애족장(1963년 대통령표창)을 수여하였다.

## 대한애국부인회와 신의경 애국지사

"고어(古語)에 이르기를 나라를 내 집같이 사랑하라 했거니와 가족으로서 제 집을 사랑하지 않으면 그 집이 완전 할 수 없고 국민으로서 제 나라를 사랑하지 않으면 그 나라를 보존하기 어려운 것은 아무리 우부우부(愚夫愚婦)라 할지라도 밝히 알 수 있을 것이다. 아! 우리 부인도 국민 중의 한 사람이다. 국권과 인권을 회복하려는 목표를 향해 전진하되 후퇴 할 수는 없다. 의식 있는 부인은 용기를 분발해 그 이상(理想)에 상통함으로써 단합을 견고히 하고 일제히 찬동해 줄 것을 희망하는 바이다."

- 대한민국애국부인회 설립 취지 2조 -

애국부인회 간부들은 나라사랑을 자신의 몸처럼 여기라는 굳은 신념을 갖고 군자금을 마련하여 상해임시정부에 보냈다. 그러나 이들의 활동은 이내 일본경찰에 발각되어 1919년 11월 28일(금) 오후 4시 애국부인회가 급습을 받게 된다. 당시 애국부인회는 정신여학교 안에 있었는데 일제는 무장경찰과 형사 10여명을 풀어 애국부인회 간부들을 잡아갔다.

왜경에 잡혀가면서 이들은 3대 결의를 했다.
첫째 동지들의 이름을 팔지 말자
둘째 회의 내용을 누설치 말자
셋째 어떠한 희생이라도 각오하고 책임은 간부들이 지자

이러한 굳은 각오를 지킴으로서 애국부인회의 전국적 규모의 피해는 줄일 수 있었다. 그럼에도 수많은 회원들이 잡혀갔다. 당시 조선총독부 고등경찰보고서에 따르면 검거된 애국부인회 회원은 세브란스 간호원 29명, 정신여학교 교원 11명, 동대문부인병원 간호원 13명, 기타 27명 총 80명에 달했다.

신의경 애국지사는 왜경에 검거되기 일주일 전에 어머니가 외동딸이 잡혀 갈 것을 염려하는 말에 "어머니 지금 우리는 세계열강에 독립을 호소하고 나라를 찾을 때입니다. 국민 모두 죽음을 두려워하지 말고 나서야 합니다."라고 대답했다. 그만한 신념과 각오가 없었다면 신의경 애국지사가 애국부인회 간부가 될 리도 없을 터였다.

당시 검거된 애국부인회 간부는 다음과 같다. 회장 김마리아(25살), 부회장 이혜경(29살), 총무부장 황에스더(25살), 서기 김영순(24살), 신의경(21살), 재무부장 장선희(23살), 적십자부장 이정숙(21살), 결사대장 백신영(30살)이었다.

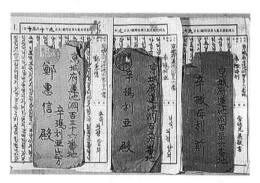

▲ 대구 감옥소에서 할머니, 어머니, 남동생에게 보낸 옥중서신 1920년
(사진 연동교회 제공)

사건을 맡은 가와무라(河村靜水) 검사 놈은 "조선인이라도

일본의 신민(臣民)이 된 이상 일본의 기반을 벗어나고자 하는 것은 국적(國賊)이다. 이들의 소행을 보면 독립사상이 격렬하고 배일사상이 농후 한 것을 명료히 알 수 있으니 이러한 무리들에게는 일한 병합과 취지를 설명할 필요도 없고 은혜를 논할 필요도 없다. 이 사건은 패역무도한 역적 사건이니만큼 추상같은 형벌을 가하지 않을 수 없다." 면서 애국부인회 간부들에게 혹독한 구형을 가했다.

### 수감 중에 어머니 신마리아 여사 49살로 타계

어릴 적부터 유달리 병치레가 잦던 외동딸 신의경이 애국부인회 일로 잡혀 들어가자 어머니와 할머니의 충격은 이루 말할 수 없이 컸다. 특히 정신여학교 교감이던 어머니 신마리아 여사는 금지옥엽으로 키운 외동딸 신의경과 사랑하는 제자들이 당신이 보는 앞에서 잡혀가는 것을 보고 큰 충격을 받았다. 그 뒤 신의경 애국지사가 대구감옥소에 수감 중이던 1921년 6월 24일 49살의 나이로 세상을 떴다.

정신여학교 교무실에서 사랑하는 제자들과 딸이 왜경에 포박당해 끌려가는 모습을 본 뒤 병을 얻어 1년 6개월 만에 죽음에 이른 것이다. 외동딸 신의경 애국지사는 어머니의 죽음을 3개월 뒤 출소 날에 알고 실신하였다. 신의경 애국지사는 이러한 고난을 극복하고 굳은 신앙심으로 자신에게 주어진 길을 꿋꿋이 걸어 나갔다. 그는 훗날 당시의 심정을 이렇게 돌아보았다.

"우리 어머니가 부유한 재산을 남겼더라면 다 방종 했을 것이다. 일찍 어머니를 잃은 우리들은 갖가지 시련을 감내 해야 했다. 어머니가 남기신 것은 자립심과 백절불굴의 정신이었다."

## 월남 이상재 선생이 다닌 연동교회와 애국지사 16명

"국가가 어려울 때 교회가 무엇을 하였나? 라는 질문에 우리교회는 당당히 자랑스럽게 후손들에게 전할 말이 있다." 고《연동교회 애국지사 16인 열전, 2009》책에서 이성희 목사는 머리말에 그렇게 썼다. 그렇다. 연동교회는 그런 곳이었다.《서간도에 들꽃 피다》2권에 이 교회 출신의 김마리아 애국지사 이야기를 쓰기 위해 연동교회를 찾아 간 것은 2년 전 늦가을이었다. 과연 교회 역사 118년 (2014년은 120년)을 자랑할 만 했다. 연동교회가 단순히 창립의 역사만 긴 것이 아니었다.

고춘섭 장로님의 안내로 들어선 역사자료관에는 여느 교회에서 볼 수 없는 항일운동의 역사를 한눈에 볼 수 있게 꾸며 놓았다. 뿐만 아니라 연동교회는 이 교회 출신 애국지사를 두툼한 책으로 엮어 놓고 있었다. 여성독립운동가를 추적하여 글을 쓰면서 자료 부족에 늘 허덕이는 글쓴이로서는 연동교회의 이러한 역사 챙기기 작업이 여간 신선하지 않았다. 연동교회 출신 애국지사 16명은 다음과 같다.

월남 이상재 : 개화기의 선각자 정치개혁 선봉자
이준 : 네덜란드 헤이그 만국평화회의에서 순국
김정식 : 황성기독교청년회(YMCA총무) 한인 총무
김필례 : 조선여자기독교청년회(YWCA)창립
함태영 : 3·1독립운동 민족 대표 48인 중 1명
정재용 : 3·1파고다공원에서 독립 선언서 낭독

이갑성 : 3 · 1독립운동 민족 대표 33인 중 1명
오현관 : 혈성애국부인회 창립
김마리아 : 대한민국애국부인회 회장
이혜경 : 대한민국애국부인회 부회장
김영순 : 대한민국애국부인회 서기
신의경 : 대한민국애국부인회 서기
장선희 : 대한민국애국부인회 재무부장
민충식 : 대한민국임시정부 의정원 및 폭탄 제조책
정운수 : 미주지역 독립운동가로 광복군의 국내진입 작전
　　　　계획 참여
박기성 : 광복군 총사령부 정보 참모부장

-《연동교회 애국지사 16인 열전, 2009》인용 -

## 임신한 몸으로 첩보활동 앞장선
# 신정완

산서성 호로촌 첩보원 시절
낯설고 물선 땅
신혼의 단꿈도 접고

빗발치는 총성 속에
적과 마주할 땐
이미 각오한 목숨

살자고 따른 길 아니니
두렵지 않다만

영양실조로
갓 태어난 핏덩이
먼저 보내고

병든 몸 추슬러
독립에 바친 열정
하늘은 알리라

▲ 중국 남경에서 중학교(16살) 때 아버지가 찍어준 사진
(도서출판 성진사 제공)

3·1운동 직후 아버지(해공 신익희)혼자 만주를 거쳐 상해로 독립운동에 참여하게 되자 식구들이 헤어져 살다가 신정완 애국지사 나이 6살 때 어머니와 함께 아버지를 찾아 북경으로 갔다. 동생 하균(전 국회의원)은 아버지의 연락을 받고 할머니와 먼저 떠난 길이었다.

아버지와 만난 뒤 하남성 개봉에서 초등학교에 들어가자마자 상황이 여의치 않아 가족만 다시 북경으로 보내졌으나 고구마로 하루 한 끼를 버텨야 할 정도로 어려운 생활이 이어졌다. 아버지는 식구들을 중국으로 불러들이긴 했으나 거의 떨어져 사는 날이 많았던 관계로 식구들은 반찬이라곤 소금 한가지로 연명해야 하는 혹독한 생활을 해야 했다.

더 큰 고생은 식구 모두가 중국인 행세를 해야 했던 것이었다. 특히 남경에서 살 때는 일본 영사관이 기회만 있으면 독립운동 주모자를 암살하려 했기 때문에 식구들은 모두 중국인으로 숨죽이며 살아야했다.

당시 중국인들은 한국인을 가리켜 꺼우리빵즈(고려인이란 뜻으로 망국노를 뜻함)라고 멸시하고 있던 터라 중국인 행세에도 마음이 놓이지 못하는 생활이 이어졌다. 행여 한국인임이 알려질까 두려워 주위의 이상한 낌새만 느껴도 이삿짐을 싸는 바람에 한곳에서 보통 2달을 넘지 않게 살았다. 수상한 사람이 나타나 기웃거리기만 해도 행여 일본 영사관의 스파이가 아닌가 해서 이삿짐을 싸야했는데 특히 어머니의 서툰 중국말이 종종 화근이 되기도 했다.

1937년 중일 전쟁이 일어나 중국군은 물밀듯 일본군에 쫓겨 계속 도망 다니는 상황이었는데 그 무렵 아버지의 주선으로 23살 되던 해 결혼을 했다. 남편은 당시 아버지가 아끼던 청년 독립운동가 김재호였다. 나라를 잃고 남의 땅을 전전하는 터라 신혼도 없이 곧바로 신정완 애국지사는 전장의 일선지대인 산서성으로 출발했다. 당시 광복군은 안휘, 하남, 서안 등지에 나뉘어 있었다.

남편과 함께 제2전구 염석산 부대의 대적(對敵) 선전공작원으로 산서성 호로촌(胡虜村)에 투입되었다. 남편은 일본어를 잘해 대적 공작 책임자로 소령급이었고 신정완 애국지사는 대위급이었다. 불과 1백리 밖에서 일본군의 포성이 끊이지 않는 산골마을에서 신정완 애국지사 부부는 항일 계몽 활동과 정치선전을 펴면서 도망가던 일본군 가운데 할복 자살자의 숫자와 소속을 파악해 보고하는 임무를 맡았다.

하루의 일과는 아침 6시 기상으로 시작해 훈련과 구보를 마치고 12까지는 사무실에서 근무하다가 오후에는 민가로 흩어져 계몽운동을 밤늦도록 다녔다. 당시 중국은 지긋지긋한 지방 군벌들이 몇 십년간 민가에서 만행을 저질러 오던 터라 산간벽촌의 중국인들은 군복차림만 봐도 모조리 집안으로 들어가 숨고 무슨 말이건 물으면 '모른다, 잘못했다, 용서해달라'면서 상대를 안 하려고 했다.

자기들끼리 귓속말로 저 여자는 무슨 죄를 져서 여군이 되었을까? 라는 소리도 여러 번 들었는데 중국에는 예부터 "좋은 쇠로 못을 만들지 않고 좋은 남자는 병정노릇을 안한다"라는 속담이 있을 만큼 군인을 멸시하는 경향이 있는데다가 여군을 보니 그런 생각을 한 것 같다고 신정완 애국지사는 회고 했다.

그러나 붙임성 있게 마을을 돌며 궂은일을 돕다보니 마을 사람들과 친해져 항일 선전 활동도 그런대로 성과를 올릴 수 있었다. 무엇보다도 냉담하던 중국인들이 어느 마을에선가는 신정완 애국지사를 수양딸로 삼겠다고 나서기도 했다.

호로촌에서 고된 생활 끝에 아버지로부터 조선의용대가 있는 낙양으로 오라는 전갈을 받고 하루 몇 십리 길을 나귀를 타거나 걸으며 밤엔 마굿간에서 자길 반복하여 겨우 낙양에 도착했다. 천신만고 끝에 낙양에 도착했으나 당시 임신 중인 몸은 최악의 상태로 유산과 동시에 몸져누워야 했다.

1937년 조선민족혁명당(朝鮮民族革命黨)에 가입하여 독립운동에 참여하고, 1939년부터 1941년에는 임시정부의 명령으로 산동성(山東城) 제2전구 사령부에 공작원으로 파견되어 지하공작 첩보활동을 하였으며 1943년에 임시정부 임시의정원 의원으로 활동한 공을 인정받아 정부로부터 1990년에 건국훈장 애국장(1980년 건국포장)을 받았다.

## 아버지 해공 신익희와 독립운동가 가족

### * 아버지 해공 신익희 애국지사
### (申翼熙, 1894. 7. 11 ~ 1956. 5. 5)

"너희 아버지는 늘 공부를 열심히 했는데 저녁에 집에 오면 부엌 부지깽이를 가지고 하루 배운 것을 뒷마당에 다 써보곤 했다. 그리고 나서는 헌 신문지를 꺼내 붓글씨로 앞뒤 가득 차게 연습을 했고 연필이나 공책을 제대로 못 사주는 어른을 도리어 위로했단다."

할머니는 늘 아버지(신익희)이야기를 들려 주셨다. '하루는 늦게 집에 돌아와 어찌나 배가 고픈지 보리밥과 된장뿐인 밥이지만 정말 멋있게 먹었지. 특히 된장 속에 전에 없던 고기가 들어 있어 이게 웬일인가? 하면서 밥을 먹고 나서 다음날 보니 그건 고기가 아니라 구더기였지" 아버지(신익희)로부터 이 말을 들은 우리 남매는 얼굴을 찡그렸지만 그만큼 고생 속에서 공부하신 아버지를 이해 할 수 있었다."

-《해공 그리고 아버지》, 신정완 지음-

경기도 광주(廣州)가 고향인 해공 선생은 1919년 상해로 건너갔다. 선생은 국내에서 김시학, 윤치호, 이상재, 이승훈 등과 함께 독립선언서를 작성하여 민중 봉기할 것 등을 협의한 뒤 국내 동지들의 특파로서 대내외적으로 거족적인 독립운동을 계획하던 상해 방면의 독립운동 지사들과 연락하기 위해 상해행을 택한 것이었다.

그 당시 상해는 지리적으로 동서 교통의 요지가 되어 있고, 또 일제의 횡포 압제를 덜 받을 수 있는 곳일 뿐 아니라, 이미 오래전부터 독립운동의 기반을 닦아 온 동제사(同濟社)의 조직 및 새로운 시대, 새로운 정세에 발맞추어 활동하는 신한청년당원들의 활동이 국내외 동포들에게 널리 알려져 있었기 때문이다.

선생은 이동녕, 이시영, 조완구, 조성환, 신석우, 조동호, 신규식, 선우 혁, 한진교 등과 함께 상해 불란서조계 보창로(寶昌路)의 허름한 집을 임시사무소로 정하고 모여서 임시정부 조직을 위한 비밀회의를 하였다. 그 결과 4월 10일에 상해에 모인 각 지방 출신과 대표자들을 의원으로 하는 임시의정원(臨時議政院) 회의를 열고 국호, 관제(官制), 정부 관원 및 임시헌장 등을 의결 선포함으로써 역사적인 대한민국 임시정부의 탄생을 맞게 된 것이다.

해공은 임시의정원의 의원이 되어 4월 25일 임시의정원법을 초안 낭독하여 가결, 채택케 하였으며, 임시정부의 법무차장으로 임명되었다. 임시의정원 제6차 회의인 1919년 9월 6일 오후에 역사적인 대한민국 임시헌법의 통과가 있은 다음, 다시 정부 개조안 토의가 있었다. 정부 개조안의 내용은 한성정부의 기구와 각원을 그대로 통합 정부의 기구와 각원으로 하되 수반인 집정관 총재의 이름을 대통령으로 고치는 것이었다.

그 가운데서도 기구에 있어서나 대통령 이름에 있어서는 이미 통과된 헌법 제3장과 제5장에 의하여 결정을 본 것이니 여기서는 다만 인원을 뽑는 절차가 남은 것뿐이었다. 그것도 국무원의 선임은 대통령의 직권에 속하는 것인즉 임시의정원에서 할 일은 헌법 제21조 5항에 의하는 임시 대통령의 선거와 제15조 4항에 의하는 국무원 임명에 대한 동의뿐인 것이었다.

　따라서 먼저 대통령을 선거하기로 하였는데 여기서 문제가 되는 것은 헌법이 아직 발포되지 않았으니 대통령의 선거 방법을 새 헌법 중 임시대통령 선거 규정에 의하는 것이 옳으냐 그르냐는 것이 문제였다.

　만일 새 헌법에 따라 임시대통령을 선거하기로 한다면 현정부는 이미 소멸된 것이며, 헌법의 발포권도 새로 선거된 대통령에게 있는 것이라고까지 논의가 비약되기도 하였다. 그러나 법무차장인 신익희는 현정부는 아직 소멸되지 않았으며 초창기이니 만큼 통상적인 준례만 따를 것이 아니라 장차 발포되리라 믿는 그 헌법에 의하여 대통령을 선거함이 부득이한 일이라고 피력하였다.

　1941년 6월 선생은 임정에서 외교연구위원회 위원으로 뽑혔고 1943년 4월 대한민국 잠행관제에 의해 설치된 선전부의 선전위원회에서 조소앙·엄항섭·유림(柳林) 등과 활동하면서 대한민국의 선전계획의 수립과 실행에 이바지하였다. 나아가 1944년 5월 임정의 연립내각 성립 때 내무부장에 뽑혀 활약하다가 중경에서 광복을 맞이하였다.

　광복 이후 선생은 1945년 12월 2일 임정요인의 제2차 환국 때에 벅찬 감격과 자주적 민족국가 건설의 희망을 안고 귀국하였다. 하지만 귀국 직후 모스크바 3상 회의에서 신탁통치안이 결의되자 김구 주석을 도와 반탁운동을 앞장서 이끌었다. 이 와중에서도 선생은 1946년 국민대학을 설립하여 민족국가 건설의 대들보를 기르는 한편 자유신문(自由新聞)을 발행하여 민족 자주성을 함양하여 갔다.

1948년 5월 제헌의원 선거에 경기도 광주에서 출마하여 당선되었고, 이후 초대 국회 부의장과 이승만의 후임으로 국회의장에 선출되어 활동하면서 대한민국 건국에 크게 공헌하였다. 특히 1956년 민주당 대통령 후보로 출마하여 국민대중의 염원을 실현하기 위해 불철주야 노력하다가 5월 5일 호남선 열차 안에서 뇌일혈로 급서하였다.

정부는 선생의 공훈을 기려 1962년 건국훈장 대한민국장을 추서하였다.

## * 동생 신하균 애국지사 (申河均, 1915. 9. 2 ~ 1975.11.10)

상해에 가 있던 아버지를 찾아 1923년 식구들과 함께 상해로 건너가 삶의 절반을 중국 땅에서 보냈다. 건국 초 국회의장을 지낸 해공 신익희 선생의 장남으로 신정완 애국지사의 동생이다. 1941년 중국 상해 광화대학(光華大學) 상과를 졸업한 뒤 중일전쟁 중인 1941년 중국 국민정부 감찰원위임관을 비롯하여 국민정부군의 소교복무원(少校服務員 : 소령급 문관), 중앙은행 과원조장(科員組長), 중앙신탁국조장(中央信託局組長) 등 여러 직책을 맡았다.

전쟁 말기에는 중경 대한민국임시정부에서 한국광복군에 입대하여 전지공작(戰地工作, 적 기밀을 알아내는 일)·초모공작(招募工作, 지원병 모집) 훈련 등 독립운동을 계속하여 정위(正尉)가 되었다. 중국에서 환국하여 한때 한국연건기업(韓國聯建企業) 사장으로 사업계에 투신하기도 했다. 그의 정계진출은 아버지가 민주당 대통령후보로서 선거유세차 전주로 내려가던 호남선열차 안에서 숨진 뒤부터였다.

당시 국회의원이기도 한 아버지의 뒤를 이어 경기도 광주(

廣州) 보궐선거에서 무소속으로 출마, 제3대 국회진출의 첫 발을 내디딘 데 이어 4·19혁명 뒤인 1960년의 제5대 국회 의원선거에서도 역시 무소속으로 출마, 당선되었다.

그 뒤 민주당 분당과 함께 민주당 구파인 신민당(新民黨)에 들어갔으며 5·16군사정변 이후인 1963년의 제6대 국회의 원선거에서도 지난날의 민주당 구파가 주류를 이룬 민정당( 民政黨) 후보로 당선되었다. 그는 민정당 경기도당위원장에 이어 통합야당인 민중당 정치훈련원장을 지냈다.

광주 유권자들은 1948년 신익희의 제헌의원선거 무투표당 선으로부터 1967년의 제6대 국회 임기 말에 이르기까지 제4 대 국회의원선거에서 자유당(自由黨)의 최인규(崔仁圭) 외 에는 줄곧 신씨 부자(申氏父子)에게 표를 던진 셈이 된다.

그는 3선의원일 뿐만 아니라 서예에도 뛰어났다. 1958년 귀국기념서예전에서는 한국 최초로 중국고대의 해서체(楷 書體)인 학보자비체(學寶子碑體)를 소개한 데 이어 몇 차례 의 서예전을 열었다.

1950년대 중반 서울특별시 종로구 인사동의 민주당중앙당 사 간판을 신익희가 썼듯이, 그는 1960년대 중반 관훈동의 민중당중앙당사 간판에 그의 필적을 남겼다. 1977년 독립운 동의 공적으로 건국포장이 추서되었다.

〈한국민족문화대백과사전 참조〉

## * 남편 김재호 애국지사 (金在浩, 1914. 9.28 ~ 1976. 7. 6)

전라남도 나주가 고향으로 나라를 일제에 강점당한 이후 항상 독립운동의 기회를 엿보다가 1919년 3·1독립운동 때

향리에서 독립만세시위운동에 참여하고 요시찰인으로 지목되어 중국으로 망명하였다. 1933년 2월 상해에서 온 정의은(鄭義恩)과 같이 남경으로 가 의열단(義烈團) 간부학교에 입학하여 독립전쟁의 훈련을 받았다. 여기서 제 2기생으로 졸업하고 항일운동 지하공작원(地下工作員)으로 활동하다가 조선민족혁명당(朝鮮民族革命黨) 창립에 주도적으로 참여하였다.

1937년 7월 이후 중일전쟁 이후 해공 신익희 선생의 촉망을 받아 외동따님인 신정완 애국지사와 27살 되던 해에 결혼하여 함께 제2전구(第2戰區) 산서성(山西省) 일대에서 대적선무공작(對敵宣撫工作, 적을 향한 선전전) 초모공작 등을 펼쳤다.

1941년 5월에는 조선의용대에 입대하여 제1지대 제1전구 사령부의 대원으로 활동하다가 백범 김구의 뜻에 따라 중경 임시정부 선전부의 선전위원이 되었다. 이때 초대 선전부장에는 김규식이 선임되었다. 1942년 10월에는 선전위원회 위원 겸 발행부 주임에 임명되었으며, 임시의정원의 전라도 의원으로 선출되어 광복시까지 의정활동에도 참여하였다.

1943년 4월에는 해방동맹 소속으로 임시정부의 내무부 사회과장에 임명되었으며, 1944년 5월에 총무과장에 뽑혀 계속 임시정부 운영에 참가하여 활동하였다. 정부는 고인의 공훈을 기려 1980년에 건국포장(1968년 대통령표창), 1990년 건국훈장 애국장을 추서하였다.

## 총부리도 두렵지 않은 파주의 여전사
# 임명애

심학산 깊은 골
고고한 학 내려앉은
맑고 고요한 땅

교하리 장터에
낭자히 흐르던 핏자국이
웬 말이냐

동포의 가슴에 겨누던
일제의 총부리 맞서
당당히 호령하던 여전사

만세운동 앞장서다
쇠창살 속 갇혔어도

불굴의 그 투지
끝내 굽히지 않았어라

# 임명애 (林明愛, 1886. 3.25 ~ 1938. 8.28)

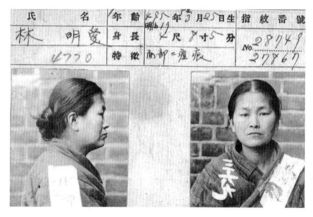

▲ 임명애 애국지사 서대문형무소 수형기록 사진
(국사편찬위원회 소장. 1920년 초 찍은 것으로 추정)

경기도 파주가 고향으로 1919년 3월 10일 · 26일 김수덕 · 김선명 · 염규호 등과 와석면 일대의 독립만세 시위를 이끌었다. 임명애 애국지사는 구세군(救世軍)으로 3월 10일 교하리에 있는 공립보통학교에서 이 학교 학생 1백여 명을 동원하여 독립만세시위를 펼쳤다. 또한 3월 25일 김수덕 · 김선명 등과 함께 염규호 집에서 염규호가 만든 '3월 28일 독립만세 시위 계획' 격문 60여 장을 인쇄하였다.

인쇄된 격문은 김선명 · 염규호 · 김창실과 나누어 주어 구당리 · 당하리 일대 주민에게 배포케 하였다. 그리고 3월 26일에 7백여 명의 시위군중이 모이자, 임명애 애국지사는 앞장서서 이들을 이끌어 면사무소로 달려가 면서기들에게도 휴무할 것을 요구하였다.

이어 주재소로 행진하던 중, 연락을 받고 미리 대비하고 있던 일본 경찰의 발포로 최홍주가 현장에서 순국하고 시위군중은 해산되었다. 임명애 애국지사는 결국 체포되어, 그 해 9월 29일 이른바 보안법, 출판법 위반 혐의로 징역 1년 6개월 형을 선고받고 옥고를 치렀다.

정부에서는 고인의 공훈을 기리기 위하여 1990년에 건국훈장 애족장(1982년 대통령표창)을 추서하였다.

## 파주지역의 3·1 독립운동 전개과정

················································································

  조선 중기의 대표적인 학자 율곡이이와 청백리 황희 정승의 고장 파주에서도 3·1만세운동은 비껴 갈 수 없었다. 아니 비껴가는 게 아니라 불같이 타올랐다고 해야 옳을 정도로 거센 저항의 역사를 갖고 있다.

  파주는 지리적으로 서울 가까이에 자리 할뿐더러 북으로 가는 길목이었으므로 다른 지역에 견주어 서울에서 일어나는 독립운동 활동에 발 빠르게 접할 수 있는 유리한 고지에 있었다.

  따라서 파주지역은 3·1운동 당시에도 서울의 상황이 잘 전해졌으며, 이는 파주의 3·1운동에 일정한 활력소로 작용하게 되었다.

  파주지역의 3·1운동은 1919년 3월 10일 와석면 교하리 공립보통학교에서의 시위를 시작으로 치열하게 전개되었으며, 이 시위는 3월 27일의 청석면 시위로 이어졌다. 그 뒤 3월 28일에는 파주의 대표적인 3·1운동으로 가장 크고 격렬한 시위가 광탄면 발랑리에서 약 2,000여 명의 군중이 모인 가운데 시작되었다. 이 시위대는 장날인 봉일천장으로 향했으며 시위 군중의 규모는 3,000명을 넘어섰다.

  봉일천 장날의 만세시위는 심상각의 주도하에 김웅권, 권중환, 심의봉 등이 주축이 된 대표 19명이 이끌었는데 이 날

시위로 광탄면에 사는 박원선 등 6명이 죽고 수십 명이 부상을 당하였다. 이 날 시위는 단순한 만세시위를 넘어 헌병주재소, 면사무소 등 일제의 무단통치기구에 대한 공격으로 이어지는 격렬한 양상을 보였다.

1919년 3월과 4월에 걸쳐 파주에서 일어난 만세운동의 특징은 학생, 지식인이 앞장선 투쟁으로 시작되어 이후로는 농민 등 기층세력들이 운동의 전면에 떠올랐다는 점이다. 그리고 운동의 양상이 처음에 잠시 만세시위 등의 평화적 형태를 보였으나 이후 급속도로 일제 식민지배기구를 공격하는 적극적인 투쟁으로 바뀌었다는 점을 들 수 있다.

▲ 징역 1년 6개월을 선고 받은 임명애 애국지사 판결문 (1919.6.3)

그것은 시위 때마다 면사무소나 헌병주재소를 공격한 사실에서 알 수가 있다. 그리고 마지막으로 장날 등 인파가 많이 모이는 장소를 이용해 조직적인 시위를 하였고 이 과정에서 타 지역의 원정 시위대가 참여했다는 점도 특이할 만하다.

파주의 3·1만세운동은 전국적인 양상과 맞물려 진행되었고 격렬한 전개양상을 보이며 많은 피검자와 사상자가 발생한 지역 중 한 곳으로, 확인된 피검자 수는 21명, 사망자 수는 10명에 이르렀다. 이러한 결정적 순간에 임명애 애국지사는 여자의 몸으로 일제의 총칼 앞에 죽음을 불사하고 독립만세운동에 앞장섰던 것이다.

달구벌 만세운동을 이끈
# 임봉선

조선을 달군 만세운동
달구벌로 치달으매
신명의 처녀 선생
태극기 높이 들고

빗발치는 포탄 속을
두려움 없이 뛰어들어
서문통 떠나가라 외쳐댈 때
밀물처럼 제자들 뒤따랐네

시위 때 당한 고문
끝내 도져
스물여섯 꽃다운 청춘
꽃상여 타고 떠나던 날

하늘도 울고 땅도 울고
초목마저 울었어라

# 임봉선 (林鳳善, 1897.10.10 ~ 1923. 2.10)

▲ 앞 열 오른쪽에서 세 번째가 임봉선 애국지사

26살의 꽃다운 나이로 삶을 마감한 임봉선 애국지사! 그가 그렇게 젊디젊은 나이로 죽어간 까닭은 무엇일까? 임봉선 애국지사는 1919년 3월 8일 대구에서 일어난 3 · 8독립운동에 뛰어들었다가 1년의 모진 옥고를 치르고 나와 그 후유증으로 죽음에 이르렀다.

대구신명고등학교 자료에 따르면 임봉선 애국지사는 1918년 4월 1일자로 교사에 임용되어 대구의 만세운동이 있던 3월 8일 사직한 것으로 되어 있다. 초임 교사 나이 22살 이었고 교사 생활 채 1년도 안된 때였다. 그는 1919년 3월 8일 만세운동에 적극 가담하였고 이 때문에 4월 18일 대구지방법원에서 보안법 위반 죄목으로 징역 1년을 선고 받았다. 그리고 1923년 26살의 나이로 숨을 거두었다.

만일 그가 만세운동에 가담하지 않았다면 교사로서 한평생을 무난하게 보내지 않았을까 하는 생각을 하니 가슴이 저려온다. 임봉선 애국지사는 경상북도 칠곡 사람으로 1919년 3월 8일 대구 서문외(西門外) 장날을 이용하여 독립만세운동을 펼쳤다. 이곳은 2월 24일 경상도 독립만세운동의 연락 책임자였던 이갑성이 대구에 내려와, 제일교회에서 기독교계의 유지 이만집·이상백·백남채 등과 만나 국내외의 정세를 설명하고, 3월 2일 세브란스 의학전문학교 학생인 이용상을 통하여 2백여 장의 독립선언서를 전달하면서부터 독립만세운동이 시작되었다.

당시 신명여학교 교사였던 임봉선 애국지사는 자신을 찾아온 김무생·박제원으로부터 서울과 평양에서 전개된 여성들의 독립만세운동 활약상을 전해 듣고 이에 적극 참여하기로 결심하였다.

거사날인 3월 8일 오후 3시 무렵, 임봉선 애국지사는 50여명의 신명여학교 제자들을 이끌고 시장에 나아가, 1천여 명의 시위군중과 합세하여 시가지를 행진하였다. 그러나 임봉선 애국지사가 시위군중과 함께 경찰서 앞의 저지선을 뚫고 중앙파출소를 돌아 달성군청 앞 삼각지에 이르렀을 때, 6대의 기관총을 설치해 놓고 대기 중이던 일본군 80연대와 대치하게 되어 부득이 행진을 멈출 수밖에 없었다.

이들의 행진이 잠시 멈추자 일본군·헌병·경찰은 시위대열로 뛰어들어 닥치는 대로 시위 군중을 제압하며 검거하기 시작하였다. 이에 현장에서 많은 시위군중이 체포되었는데, 임봉선 애국지사도 이때 잡혀갔다. 1년의 옥고 끝에 나와 얼마 안 되어 26살의 꽃다운 청춘에 죽음에 이른 것은 혹독한 고문 후유증 때문이다. 정부에서는 고인의 공훈을 기리어 1990년에 건국훈장 애족장(1983년 대통령표창)을 추서하였다.

## 신명의 딸들 만세운동에 적극 참가

1919년 2월 15일에 멀리 상해로부터 김규식 박사, 부인 김순애 여사가 대구에 와서 계성학교 백남채 선생을 찾아 국제 정세와 임시정부의 결의를 전하면서 대구에서도 3월 1일을 기하여 궐기할 것을 부탁하였다. 그러던 차에 서울에 있는 이갑성 씨가 2월 26일에 내려와 그날 밤으로 백남채 선생, 이만집 목사, 김태련 장로들과 제일예배당에서 비밀모임을 갖고 서울의 소식을 전하는 한편 대구에서도 궐기할 것을 종용하였다.

3월 1일 서울에서 민족자결의 봉화가 일어나자 이에 힘을 얻은 백남채 선생은 동료인 최경학, 김영서, 박제원 등 여러 선생들과 모의를 하고 거사를 결정한 다음 평양 숭전 학생 김무생이 가지고 온 독립선언문을 등사하여 지방 각지에 몰래 보냈다. 한편 별도로 시인 이상화는 자택으로 대구고보의 백기만, 이차돌 두 사람을 초청하여 계성학교와의 합작을 요청하였던 바, 쾌히 승낙을 얻자 정원조 선생은 이 뜻을 백남채, 이만집 두 사람에게 전하였다.

4일 오전에는 대구고보 허범 씨가 신명학교 이재인 선생을 방문하고 학생동원을 의논하였다. 그리하여 신명, 계성, 대구고보들 세 학교 학생들을 동원키로 하였다. 이러한 움직임이 있자 경찰에서는 백남채, 홍인일 두 선생을 미리 구속하였다. 6일에는 김무생을 비롯하여 김태련, 최경학, 김영서, 이재인 등 여러 선생이 모여서 거사를 8일 오후 한 시에 큰 장 한 복판에서 일으키기로 결정하고, 이 뜻을 정원상 선생으로 하여 금 대구고보 백기만, 이상화 두 사람에게 전하게 하고 결정대로 학생들을 동원하여 민족봉기를 결행한 것이다.

한편 3월 8일 신명학교의 상황을 보자. "3월 8일 토요일이 었다. 40여 명 학생들은 고요히 시간을 기다렸다. 이 날 수업은 어학, 지지(地誌), 국어, 동물 네 시간이었다. 수업을 마칠 무렵에는 날씨는 흐려졌다. 영시 칠분! 이선애는 결연히 맨 앞에 나서서 "오늘은 우리나라가 독립하는 날이다. 모두들 굳게 합심하여 우리들의 적은 힘일망정 다시 찾는 조국에 바치자"고 외쳤다.

40여 명 학생들은 진정 오늘이 독립의 날이라고 결연히 이에 호응하였다. 북쪽 토담을 한 사람 두 사람씩 경계의 눈을 피하면서 넘기 시작하였다. 그러나 30명 쯤 넘었을까 했을 때 학교 주위를 감시하던 왜경의 눈에 띄었다.

"누구냐"는 소리에 나머지 10여 명은 숨어 있다가 서쪽 담을 타고 넘었다. 담을 넘은 학생들은 큰 장(지금 동산병원 정문)의 민가에 제각기 숨었다. 사복형사들은 혈안이 되어 수색하기 시작하였다. 바로 이 때였다. 천주교 성당 앞 줄버들나무 길에 백기만, 허범 두 사람이 이끄는 대구고보 학생 400여 명이 만세를 높이 부르면서 경찰의 제지를 완력으로 무찌르며 큰 장으로 밀려들었다. 여기저기 흩어져서 대기하고 있던 계성 학생들이 거세게 나서며 경찰을 물리쳤다. 신명 학생들도 일제히 일어나 만세를 부르며 이에 힘을 모았다.

아래 위 흰 옷에 수건을 허리에 질끈 동여매고 목메어 만세를 부르며 깃발을 휘두르는 낭자들의 열광은 가슴을 저미는 듯 눈물 없이는 볼 수 없었다. 그러나 천인공노할 무도한 놈

들의 기마경찰 대원들은 신명 학생들의 머리채를 잡아 낚아
채 내동댕이치고 그대로 쓰러진 위를 마구 짓밟고 지나가는
것이었다.

그러나 굽힐 줄 모르는 신명의 딸들은 쓰러진 전우를 일으
켜 어깨걸음을 하면서 만세를 외치는 것이었다. 대구경찰서
앞에 이르자 신명 학생 20여 명이 놈들의 손에 붙잡혔다. 이
선애, 임봉선, 이영현, 박옥경, 김세득, 정해문, 김진구 외 십
여 명이었다. 특히 이선애, 임봉선 등은 경찰들과 정면으로
충돌이 되어 얼굴이며 머리며 온 몸이 터지고 깨져 전신이
피로 낭자했다.

-《신명백년사》에서 발췌 -

## * 대구 신명고등학교 *

여자사립학교의 명문 신명학교(현 신명고등학교)는 2014년
에 개교 107주년(창학 112년)을 맞이한다. 지금은 남녀 공학이
지만 처음에 신명학교는 여학교로 출발했다. 한국의 100여년
이 넘는 학교 대부분이 그러하지만 신명학교 역시 선교사들에
의해 시작되었다.

선교사 부해리의 부인 부르엔(Bruen)여사가 의료선교사 존
슨(Johnson 동산병원 초대 원장) 부인 에디스 파커(Parker)의
바느질반과 놀스 (Nourse)라는 처녀가 가르치던 14명의 소녀
를 데리고 신명여자소학교를 설립하니 이때가 1902년 5월 10
일로 대구 최초의 근대여성교육기관이다.

그 뒤 1907년 10월 23일 부르엔 여사가 남산정 동산(현 동산
길 17)에 신명여자중학교를 열었고 1951년 8월 31일 여중, 여
고가 분리되었다. 또한 신명여자고등학교는 2004년 3월 1일
자로 남녀공학으로 바뀌어 학급 수 30학급, 학생 수 1,073명에
이르고 있다.

# 감자골 양양의 민족교육자
## 조화벽

삼월하늘 핏빛으로 물든
아우내 장터 비극
천애고아 된 시동생 거두며
불처럼 솟구치던 가슴 속
용암 덩어리

만세운동 현장에서
가슴에 총 맞고
선혈이 낭자하던 시부모님
끝내 숨지고

떠나온 고향땅 양양에서
아우내 솟구치던 애국혼
다시 되살려

삼일정신 올곧게
민족학교 이어간
그대는
양양 독립의 화신이어라

## 조화벽 (趙和璧, 1895.10.17 ~ 1975. 9. 3)

▲ 조화벽 애국지사의 고운 모습
　(사진 독립기념관 제공)

조화벽 애국지사는 강원도 양양이 고향으로 이 지역 3 · 1독립운동의 중심인물이다. 양양군 양양면 왕도리에서 아버지 조영순과 어머니 전미흠 사이에 무남독녀로 태어나 15살 되던 해인 1910년 원산에 있는 성경학원에 유학을 떠나 신학문을 배우게 된다.

원산 성경학원의 교육과정을 2년 만에 마친 조화벽 애국지사는 17살 때인 1912년에 원산 루씨여학교(樓氏女學校, Lucy Cunningham School) 초등과정에 입학하였다. 명문 미션스쿨인 원산 루씨여학교는 최용신, 이신애, 어윤희, 전진 등 한국여성사에 뛰어난 인물을 배출한 명문 학교다. 그러나 이곳에서 얼마 안 있어 개성의 호수돈여학교로 전학하여 보통과와 고등과를 마치고 1919년 3월 졸업을 앞두고 있었다.

때마침 서울의 3월 1일 독립만세운동의 물결이 개성으로 밀어 닥쳤다. 민족대표 33인 중 한 사람인 오화영 목사로부터 독립선언서 100부가 개성 북부 교회 전도사인 강조원 앞으로 보내 온 것을 계기로 독립선언서가 전해지자 호수돈여학교 학생대표들은 거리로 쏟아져 나와 만세시위를 펼쳤다.

호수돈여학생들의 만세시위에 뒤이어 남감리교에서 설립한 미리흠여학교, 그리고 송도고등보통학교가 3·1만세운동에 참여하고 다른 학교에도 만세시위운동이 빠르게 번져나가자 각 학교들은 3월 5일에 휴교령이 내려졌다.

기숙사 생활을 하던 조화벽 애국지사는 이때 고향인 양양으로 친구 김정숙과 함께 귀향하였고 양양의 만세운동을 이끌게 된다. 그 뒤 학교로 돌아가 1919년 개성 호수돈여학교 고등과를 마치고 그해 가을 공주 영명여학교 교사로 부임했다. 이것이 유관순 집안과의 인연이 된 것이다. 영명학교로 부임하자 당시 만세운동으로 유관순 부모가 현장에서 순국하고 유관순 역시 잡혀가 있었으며 유관순의 오라버니인 유우석도 감옥에 있는 상황이라 천애 고아가 된 유관순의 어린 두 동생을 돌볼 사람이 없었다. 이에 조화벽 애국지사는 이들을 친 동생처럼 돌보았고 이후 1923년 유관순의 오라버니인 유우석 애국지사와 결혼하였다.

그 뒤 원산으로 옮겨가 조화벽 애국지사는 원산의 진성여고에서 교편을 잡고 남편은 비밀결사대인 원산청년회를 만들어 독립운동을 하다 다시 체포되었다. 1932년 조화벽 애국지사는 고향 양양으로 돌아와 아버지와 함께 정명학원(貞明學園)을 설립하고 교육에 뛰어들었다.

정명학원은 가난과 여러 사정으로 정규 학교를 다니지 못한 적령기의 아이들을 교육했던 비정규학교로 피폐한 농촌의 학생을 모아 문맹을 떨치고 민족교육을 실천했다. 1932년 1월부터 1944년 폐교 당할 때까지 600여명의 졸업생을 냈다.

한편 조화벽 애국지사는 중풍으로 전신 불구가 된 어머니를 12년간 극진히 모신 효녀였다. 날마다 의복을 갈아입히고 몸을 깨끗하게 씻기고 온 방안을 말끔히 치우면서 지극한 정성으로 12년을 하루같이 보살폈다. 또한 어려운 가운데 정명학교를 꾸려가면서도 가난한 이들에게 쌀을 퍼주는 등 남에게는 베풀면서 자신은 지독한 근검절약을 실천한 것으로 널리 알려졌다.

정부에서는 고인의 공훈을 기리어 1990년에 건국훈장 애족장(1982년에 대통령표창)을 추서하였다.

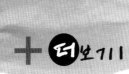

## 남편은 유관순의 오빠 유우석 애국지사

유관순의 오빠 유우석(柳愚錫, 1899. 5. 7 ~ 1968. 5.28) 애국지사는 조화벽 애국지사의 남편이다. 유우석 애국지사는 충남 천원(天原)에서 태어나 1919년 4월 1일의 공주 장날을 이용하여 독립만세운동을 이끈 인물이다. 전국의 만세운동이 전개되던 그해 유우석 애국지사는 공주 영명학교(永明學校)에 재학 중이었다.

3월 12일과 15일에 걸쳐 공주에서 독립만세운동이 펼쳐진 데 자극받은 영명학교 교사 김관회 · 이규상 · 현언동과 졸업생 김사현 · 재학생 오익표 · 안성호와 목사 현석칠 등이 3월 24일 밤 9시 무렵 영명학교 사택에서 만나 4월 1일 공주읍 장날을 이용하여 독립만세운동을 펼치기로 했다.

이때 학생대표로 이 계획에 참여하여, 3월 30일 김관회로부터 학생동원과 독립선언서의 등사를 부탁받은 영명학교 조수 김수철 집에서 노명우 · 강 윤 · 윤봉균 등과 만나, 독립만세운동 계획에 대하여 논의한 뒤, 이튿날 오후 3시 이들과 함께 기숙사에서 독립선언서 1천여 장을 등사하고 대형 태극기 4개를 만들었다.

4월 1일 오후 2시, 그는 다른 학생대표들과 함께 태극기와 독립선언서를 가지고 장터에 나가 모인 시위 군중에게 나누어주고, 그 선두에 서서 만세운동을 전개하였다. 그러나 이날의 독립만세운동은 일제의 강력한 저지로 좌절되었고 그는 주동자로 체포되었다.

한편 같은 날 아우내 장터의 대대적인 독립만세운동을 주동하였던 그의 아버지 유중권, 어머니 이씨가 현장에서 순국하고 동생인 유관순도 체포되어 그의 가정은 파멸된 지경이었다. 공주검사국(檢事局)으로 송치된 유우석 애국지사는 여기서 여동생 유관순을 잠시 만나기도 하였으나, 결국 이해 8월 29일 공주지방법원에서 보안법 및 출판법 위반 혐의로 징역 6월형을 선고받고 옥고를 치렀다.

출옥 뒤 1927년에는 원산청년회(元山靑年會)를 조직, 활동하다가 일본 경찰에 체포되어 함흥지방법원에서 4년형을 구형받는 등 지속적인 독립운동에 앞장섰다. 정부에서는 고인의 공훈을 기리어 1990년에 건국훈장 애국장(1982년 건국포장)을 추서하였다.

 **더보기 2**

### 유관순 가족의 독립운동사
..................................

**\* 아버지 유중권 (1863. 11. 2 ~ 1919. 4. 1)**

유관순의 아버지다. 1919년 4월 1일, 홍일선 · 김교선 · 조인원 · 유관순과 함께 갈전면(葛田面) 아우내 장터의 대대적인 독립만세운동에 참여하였다. 이날 조인원이 태극기와 〈대한독립〉이라고 쓴 큰 깃발을 세워놓고, 독립선언서를 낭독한 뒤 대한독립만세를 외치자, 3천여 명이 운집한 아우내 장터는 삽시간에 대한독립만세 소리로 온 천지가 진동하였다.

그 여세를 몰아 시위군중이 일본 헌병주재소로 접근하자 시위대열의 기세에 놀란 일본 헌병이 기관총을 난사하고, 천안에서 불러들인 일본 헌병과 수비대까지 합세하여 총검을 휘둘러대었다. 이 야만적인 일군경의 흉탄에 맞아 유관순의 아버지는 현장에서 순국하였다. 정부에서는 고인의 공훈을 기리어 1991년에 건국훈장 애국장(1963년 대통령표창)을 추서하였다.

## * 어머니 이소제 (1875. 11. 7 ~ 1919. 4. 1)

유관순의 어머니다. 1919년 4월 1일 갈전면(葛田面) 아우내 장터에서 전개된 대대적인 독립만세시위운동에 남편 유중권과 함께 참여하였다. 야만적인 일군경의 흉탄에 맞아 남편과 함께 현장에서 순국하였다. 정부에서는 고인의 공훈을 기리어 1991년에 건국훈장 애국장(1963년 대통령표창)을 추서하였다.

## * 작은아버지 유중무 (1875. 8. 21 ~ 1956. 4. 7)

유관순의 작은아버지다. 1919년 4월 1일 홍일선 · 김교선 · 한동규 · 이순구 · 조인원 · 유관순 등이 갈전면(葛田面) 아우내 장날을 기하여 일으킨 대대적인 독립만세시위에 참가하였다.

이들이 만세운동을 펼칠 때 일본 경찰이 기관총을 난사하고 무자비하게 총검을 휘둘러대며 야만적인 발포가 계속되는 바람에 현장에서 형 유중권과 형수 이소제 등 19명이 순국하는 모습을 지켜봐야했다.

분개한 그는 순국한 형 유중권의 주검을 둘러메고 주재소로 달려가, 두루마기의 끈을 풀어 헌병의 목을 졸라매며 헌병보조원 맹성호에 대하여 "너희는 몇 십 년이나 보조원 노릇을 하겠느냐"고 꾸짖는 등 항의하다가 체포되었다.

그는 이해 9월 11일 고등법원에서 징역 3년형이 확정되어 옥고를 치렀다. 정부에서는 고인의 공훈을 기리어 1990년에 건국훈장 애족장(1977년 대통령표창)을 추서하였다.

## * 유관순 (1902.11.17 ~ 1920.10.12)

1919년 4월 1일 갈전면(葛田面) 아우내 장터의 독립만세운동을 이끌었다. 1916년 기독교 감리교 충청도 교구 본부의 미국인 여자 선교사의 주선으로 이화학당에 교비 장학생으로 입학하여 고등과 1학년 3학기 때에 거족적인 3·1독립만세운동을 맞이하였다.

3월 5일 남대문 독립만세운동에 참여하였다가 조선총독부의 강제 명령에 의해 이화학당이 휴교되자 곧 독립선언서를 감추어 가지고 귀향하였다. 유관순은 인근의 교회와 청신학교 등을 돌아다니며 서울 독립만세운동의 소식을 전하고, 천안·연기·청주·진천 등지의 교회·학교를 돌아다니며 만세운동을 협의하였다.

또한 기독교 전도사인 조인원과 김구응 등의 인사들과 만나 4월 1일의 아우내 장날을 이용하여 독립만세운동을 전개하기로 결의하였다. 4월 1일 아침 일찍부터 아우내 장터에는 천원군 일대뿐만 아니라 청주·진천 방면에서도 장꾼과 장꾼을 가장한 시위군중이 모여들기 시작하였다. 오전 9시, 3천여 명의 시위군중이 모이자, 조인원이 긴 장대에 대형 태극기를 만들어 높이 달아 세우고 독립선언서를 낭독한 후 독립만세를 선창하자, 아우내 장터는 삽시간에 시위군중의 만세소리로 진동하였다.

이때 유관순은 미리 만들어 온 태극기를 시위 군중에게 나누어주고, 시위대열의 맨 앞에 서서 독립만세를 외치며 장터를 시위 행진하였다. 독립만세운동이 절정에 달하던 오후 1시 긴급 출동한 일본 헌병에 의하여 시위대열의 선두에 있던 한 사람이 칼에 찔려 피를 토하면서 쓰러졌다.

이날 시위에서 부모님을 모두 잃고 독립만세운동 주모자로 체포되어 공주 검사국(公州檢事局)으로 송치되었을 때 거기서 공주 영명학교 학생대표로 독립만세운동을 이끌다가 체포된 오빠 유우석을 만났다.

유관순은 공주지방법원에서 이른바 보안법 위반 혐의로 징역 7년형을 선고받고 이에 불복, 경성복심법원에 공소하였으나, 7년형이 확정되어 서대문 형무소에 감금되었다. 유관순은 옥중에서도 어윤희·박인덕 등과 계속 독립만세를 외치다가, 모진 고문의 여독으로 말미암아 17살의 꽃다운 나이로 옥중에서 순국하였다. 정부에서는 고인의 공훈을 기리어 1962년에 건국훈장 독립장을 추서하였다

## * 사촌 언니 유예도 (1896. 8. 15 ~ 1989. 3. 25)

1919년 3월 1일 서울의 파고다공원에서 있은 독립선언문 선포식에 사촌동생 유관순과 함께 참가하고, 이어 독립만세시위에 가담하였다. 3월 13일에는 유관순과 함께 귀향하여 갈전면(葛田面) 아우내 장터에서 4월 1일을 기하여 독립만세시위를 계획하고 동리 어른들과 상의하였다.

4월 1일 3천여 명의 시위군중과 함께 독립만세를 부르며 태극기를 흔들고 시가를 행진하면서 시위를 계속하다가 일본 헌병의 야만적인 발포와 함께 주모자 검거가 시작될 때, 아버지 유중무와 유관순 등 많은 사람들이 체포되었으나 유예도는 가까스로 피신하여 목숨을 건졌다.

정부에서는 고인의 공훈을 기리어 1990년에 건국훈장 애족장(1977년 대통령표창)을 추서하였다.

## * 조카 유제경 (1917. 2.28 ~ )

1919년 3·1만세 운동 때 아우내장터의 만세시위의 주동자인 유중무 애국지사의 손자다. 유관순의 오촌조카로 평소에 항상 독립사상을 가지고 있다가 1941년 4월 1일 충청남도 공주군 장기(長岐)국민학교 6학년 담임교사로 있으면서 학생들에게 민족의식과 독립정신을 드높여 왔다. 그러던 중 학생들이 졸업하게 되자 졸업기념 사진첩에「땀을 흘려라, 피를 흘려라, 눈물을 흘려라」는 문구를 써주었는데 이것이 자주독립사상을 고취한 것이라고 왜경이 잡아갔다.

1945년 2월 5일 고등법원에서 이른바 치안유지법 위반으로 징역 3년형이 확정되어 옥고를 치렀다. 정부에서는 그의 공훈을 인정하여 1990년에 건국훈장 애족장(1983년 대통령표창)을 수여하였다.

## * 이종조카 한필동 (1921. 1.20 ~ 1993. 1.14)

유관순 열사의 이종언니인 유예도 애국지사의 아들이다. 학병으로 장사(長沙)의 일본군 제64부대 소속 중국군 포로 감시병으로 근무하다가 탈출하였다. 1945년 중경 총사령부

로 후송되었으며, 광복군 토교대(土橋隊)에 배속되어 임정
요인의 호위, 총사령부 지시에 의한 공작수행 등을 전개하던
중, 광복을 맞이하였다. 정부에서는 그의 공훈을 기리기 위
하여 1990년에 건국훈장 애족장(1963년 대통령표창)을 수여
하였다.

# 일제의 요시찰 맹렬 여성
# 주세죽

요주의 위험분자 낙인 찍혀
카자흐스탄 허허벌판으로 내 쫓겨
아스라이 멀어져가는
가슴 속 조국을 뒤돌아보네

경성에서 상해까지
애국동지회 만들어
불철주야 뛰다가

또 다시 먼
이국땅서 붙잡힌 몸

다시 돌아갈 수 없는
슬픈 외기러기 되어

홀로 수만리
타국의 하늘을 높이높이
날아본다네

## 주세죽 (朱世竹, 1899. 6. 7 ~ 1953)

▲ 29살 무렵 남편 박헌영, 딸 비비안나와 단란했던 주세죽 애국지사(1928년)

주세죽 애국지사만큼 파란만장한 삶을 살다간 여인이 또 있을까? 함경남도 함흥이 고향인 주세죽 애국지사는 스무살 되던 해인 1919년 3·1만세운동에 참가하여 왜경에 잡히는데 이것이 그의 운명을 바꾸는 계기였을지도 모른다. 그는 만세운동으로 1개월간 함흥감옥에서 수감생활을 한 뒤 풀려나 본격적인 독립운동을 하기 위해 서울로 올라온다.

서울에서 조선여성동우회(朝鮮女性同友會) 등을 주도하며 여성운동을 이끄는 한편, 고려공산청년회(高麗共産靑年會) 중앙 후보위원으로 활동하는 등 사회주의 운동의 핵심인물로 앞장서는데 일제는 이런 주세죽 애국지사를 '여자 사회주의자 중 가장 맹렬한 자'로 보고 '요시찰인물'로 감시했다.

1924년 5월 사회주의 여성단체 여성동우회 집행위원으로 뽑히고 이듬해 1월 경성여자청년동맹(京城女子靑年同盟) 결성을 주도했다. 4월 고려공산청년회에서 활동하다 조선공산당에 가입하였다. 1925년 11월 '제1차 조선공산당 검거사건'으로 남편 박헌영이 왜경에 붙잡힌 뒤 일거수일투족을 감시 받게 된다.

1927년 5월 근우회(槿友會) 임시집행부에서 활동하던 주세죽 애국지사는 병보석으로 출감한 남편 박헌영과 1928년 8월 블라디보스톡으로 탈출했다. 모스크바에서 동방노력자 공산대학에 입학하여 1931년 졸업한 뒤 1932년부터 1933년까지 중국 상해에서 조선공산당 재건운동에 참여하던 중, 박헌영이 일본 영사관 경찰에 체포되어 국내로 압송되자 모스크바로 되돌아갔으나 소련에서도 주세죽 애국지사는 '사회적 위험분자'로 낙인찍혀 카자흐스탄으로 강제 이주당하는 등 박해를 받았다.

당시 소련은 1937년 스탈린의 대숙청이 휘몰아치고 있었는데 연해주에 있던 고려인들은 일제의 밀정이 될 수 있다는 혐의로 모두 중앙아시아로 강제 이주되던 시기였다. 소련으로 건너오기 전 상해에서 조선공산당 재건운동을 하던 김단야와 재혼하였으나 소련에 건너오자마자 김단야는 소련 비밀경찰에 의해 일제 첩보기관의 밀정이란 혐의로 처형당한다.

정부는 고인의 공훈을 기려 2007년에 건국훈장 애족장을 추서하였다

## 남편 박헌영 (1900~1955)

충청남도 예산이 고향으로 고향에서 한문을 배우다 12살 되던 해인 1912년 예산군 대흥면 대흥보통학교에 입학하여 1915년 졸업하고 서울로 올라가 1919년 경성고등보통학교를 졸업했다. 1920년 9월 3·1운동이후 상해로 건너가 고려공산당 상해지부에 입당하였다.

1921년 김단야·임원근과 함께 극동인민대표자회의에 참석키 위하여 모스크바로 가, 다음해 1월 고려공산청년동맹 대표로 참가하였다. 1922년 4월에 김단야·임원근과 함께 국내공산당 조직을 위해 귀국하다가 일본경찰에 잡혀 징역 1년 6월의 형을 언도받고 복역하였다.

1924년 1월 만기 출옥한 직후 그 해 2월 결성된 신흥청년동맹에 가입하여 김찬·신철 등과 청주·대구 등 전국 28개 도시를 순회하며 〈청년의 사회적 지위〉·〈식민지청년운동〉 등의 주제로 강연을 하였고, 기관지《신흥청년》의 상무위원으로 활동하였다. 같은 해 4월 허헌이 사장으로 있던《동아일보》에 기자로 입사하였다.

1925년 4월 18일에는 고려공산청년회를 결성하고 책임비서직을 맡아 본격적인 조직활동을 전개하였으나, 그 해 11월 30일 처 주세죽과 함께 제1차 조선공산당사건으로 일본경찰에 잡혀 복역하게 된다.

1929년 6월에는 모스크바로 옮겨 동방노력자공산대학에서 2년간 수학하였으며, 1932년 1월 상해로 가서 김단야와 접선하여 김형선 등과 함께 활동하면서 《코뮤니티》라는 기관지를 제작, 국내에 배부하다가 1933년 7월 상해 일본영사관에 잡혀 경기도 경찰부로 압송, 치안유지법·출판법 위반으로 기소, 6년형을 언도받아 복역하였다.

1945년 8월 15일 광복이 되자, 8월 19일 서울로 올라와 광복 다음날 결성된 장안파 공산당에 대항하여 8월 20일 김형선·이관술·김삼룡·이현상 등과 함께 공산당 재건에 주력하였다. 1946년 2월 15일 좌익세력의 총결집체인 민주주의민족전선이 결성되자, 여운형·허헌·김원봉·백남운과 함께 의장단으로 뽑히는 등 활약하였다.

이 해 7월 12일 이른바 조선공산당 위폐사건을 계기로 좌익세력에 대한 탄압국면이 전개되면서 9월 6일에는 미군정이 박헌영 등 공산당 핵심간부에 대한 검거를 감행하려 하자, 하루 전인 1946년 9월 5일 관 속에 누워 영구차 행렬로 자신들을 위장, 북한으로 탈출하게 되었다.

그 뒤 1946년 11월 3일 조선공산당·조선인민당 및 남조선신민당이 합쳐 남조선노동당으로 결성되자 부위원장에 취임하였으며, 계속 북한에 머물면서 이른바 '박헌영 서한'을 통해 남로당의 활동을 지도하였다.

그러나 1953년에 김일성에 의하여 남로당계 숙청이 감행되면서 8월 3일 체포되어 평안북도 철산군 내의 산골에 감금되어 고문을 받다가, 1955년 12월 15일 미국의 첩자라는 죄목으로 처형되었다.

# 미국에서 독립운동 뒷바라지 한
# 차경신

일제가 조선의 독립투사에게
극악한 일을 했다 해도
장작 피고 그 위에 사람 집어넣긴
임의 엄니가 처음일 거외다

어머니 불구덩이에서 건져 올려
벗겨진 살 틈으로
벌건 피고름 흐르던 날

딸로서 해드릴 것 없던
그 통한의 눈물은
한 평생 임의
독립투지 자양분 되었어라

누렁 호박 익어 가는
고향 평안도 떠나
북풍한설 만주 땅 누비다가
이역만리 미국에서
목 터져라 부른 독립의 노래

고향땅 그 누구 있어
귀담아 들어줄거나

# 차경신 (車敬信, 모름 ~ 1978. 9.28)

▲ 중국 망명시절 차경신 애국지사(왼쪽)

언어와 의복 같은 동족이
한마음 한뜻 든든하구나
원수가 비록 산해 같으나
자유의 정신 꺾지 못하네

- 국혼가 가운데서 -

역사가 오래된 나의 한반도야
내 선조와 유적을 볼 때에
너를 사모함이 더욱 깊어진다.
한반도야

- 한반도 가운데서 -


차경신 애국지사의 동생 차경수 선생은 경신 언니가 죽고 나서 유품을 정리하던 중 언니 수첩에 고국을 사모하는 노래, 절개의 노래가 여러 종류 적혀 있었다면서《호박꽃 나라사랑》에 여러 편의 시를 소개했다. 위 시는 그 가운데 일부다. 낯설고 물선 남의 땅 중국에서 부모형제와 떨어져 갖은 고초를 겪으면서도 오매불망 고국을 사랑하는 심정을 적어놓은 유품을 정리하던 동생의 마음은 어땠을까를 생각하니 코끝이 찡하다.

차경신 애국지사와 가족의 이야기를 담담하게 써내려간 차경수 선생의《호박꽃 나라사랑》에는 언니 차경신 뿐만이 아니라 어머니의 독립운동 이야기도 선명하게 기록되어있다.

"언니(차경신)와 어머니(박신원)가 독립운동 한다는 것을 알아차린 왜경은 어머니의 뒤를 조사하여 체포하려 하였다. 어머니는 친척집 곳간 독 뒤에 숨어서 햇빛도 못보고 나타나지 않았으며 이웃이라도 알까봐 몰래 음식을 갖다 드렸다.(가운데 줄임) 집주인이 외출하자 왜경들은 우루루 고씨 집 안으로 들어가더니 손에 잡히는 가구를 마당으로 가지고 나와 불을 질렀다. 그리고는 어머니를 불에 태워 죽이려고 필사적으로 저항하는 어머니를 붙잡아 불구덩이로 밀어 넣었다. (가운데 줄임) 일제 강점기 애국지사들을 감옥에 가두고 악형을 한다는 이야기는 들어 보았지만 어머니처럼 때려서 불구덩이에 집어넣는 일은 들어 보도 못한 극형이었다."

차경수 선생은 어린 시절 어머니와 경신 언니의 만주에서의 활동을 소상히 기억하여 기록으로 남겨 놓았다. 참으로 일제가 한 짓은 천인공노할 일이었다.

차경신 애국지사는 평북 선천이 고향으로 1892년 쌀장사를 하던 아버지 차기원과 어머니 박신원 사이에서 큰딸로 태어났다. 일찍부터 어머니의 기독교 신앙을 토대로 여성도 배워야한다는 소신을 갖고 있던 어머니 덕에 16살에 보성학교를 거쳐 정신여학교를 졸업하였다. 1919년 2월에는 일본 요코하마여자신학교에 유학하였는데 이때 동경에서 있었던 2·8독립선언을 보면서 국제정세 변화를 독립운동의 절호의 기회로 삼아야겠다는 생각을 품게 되었다.

마침 유학 와 있던 김마리아와 함께 동지가 되어 비밀리에 2·8독립선언문을 가지고 입국하여 대구로 갔다. 그곳에서 김순애와 서병호를 만나 여성의 독립운동 참여를 꾀해 부인회를 조직한 뒤 평북 선천에서 신한청년당(新韓靑年黨)의 이름으로 50여명의 회원을 모집하고 3월 1일에 독립선언을 하고 만세운동에 나섰다.

1919년 11월 무렵에 대한청년단연합회(大韓靑年團聯合會)의 총무 겸 재무로 뽑혀 국내외를 다니면서 군자금을 모집하였다. 12월에는 국내 여성독립운동 상황을 시찰하고 격려하기 위해 각처를 돌아 다녔으며 삼도여자총회(三道女子總會)를 열어 결속을 다졌다.

이듬해 1920년 3월 1일에는 평북 선천군에 있는 보성여학교와 신성학교 학생들이 주도한 독립만세 시위운동에 참여하였다. 차경신 애국지사는 보다 구체적으로 항일독립운동을 전개하기 위하여 1920년 8월 상해 임시정부로 건너가 도산 안창호를 도와 국내를 오가면서 비밀요원으로 활약하였다.

1921년 1월에는 대한국민회(大韓國民會), 부인향촌회(婦人鄕村會)와 연계하여 군자금을 모금하였으며, 같은 해 9월 정애경·최윤덕 등과 여자연합단(女子聯合團)의 대표로 임시정부에 자금을 지원하였다. 10월 26일에는 평남 평양부 김상만이 모금한 4백여 원의 군자금을 임시정부에 전달하는 등 조국독립운동을 뒷받침하는 자금조달에 일익을 담당하다가 1921년에는 몸이 극도로 쇠약해져 상해 홍십자(紅十字) 병원에 입원하기도 하였다.

1924년 1월 미국으로 건너간 차경신 애국지사는 초대 애국부인회(愛國婦人會) 회장과 대한인국민회(大韓人國民會) 회원으로 독립운동을 계속하였고, 로스앤젤레스에 한국어 학교를 설립하여 초대 교장으로 교포 자녀들의 교육에 진력하였다.

1931년 로스앤젤레스 한국어 학교 교장직을 그만두고 미국 샌프란시스코에 있던 애국부인회 총본부가 로스앤젤레스로 옮기게 되자 1932년부터 1939년까지 애국부인회 총단장에 재임하면서 각지에 지회를 조직하는 등 활동하였다.

애국부인회에서는 임시정부, 독립신문사, 광복위로금, 구미위원부(歐美委員部), 군축선전비, 만주동포구제금 외에도 국내 수재의연금, 고아원 원조비 등 독립운동과 구제사업을

위해 힘썼다. 1924년 미국으로 건너간 뒤 54년 동안 조국광
복의 날까지 독립운동을 위한 군자금 조달과 여성교육에 큰
몫을 담당했던 차경신 애국지사는 1978년 9월 28일 로스앤
젤레스 작은 마을에서 숨졌다. 정부에서는 고인의 공훈을 기
리어 1993년에 건국훈장 애국장을 추서하였다.

# 육아일기 쓰며 독립의 횃불 든
# 최선화

중일 전쟁 쏟아지는 포탄 속
숨어든 방공호에서
철없이 보채는 아이
보듬으며 가슴 졸였지

나라 잃고 동굴 집 삼아
떠돌던 통한의 세월

사랑스런 아이들이
장차 살아갈 나라
기필코 되찾으리라
굳은 각오 새기며

상해에서 중경까지
칠천 리 고단한 길
이 악물고
광복의 그날까지
뛰고 뛴 항일투사여

▲ 최선화 · 양우조 부부 독립운동가(1937.3.22 사진 독립기념관 제공)

"아침 열시쯤 되어 공습경보가 울렸다. 유주의 하북은 유주시(柳州市)였고 하남은 새로 개척하고 있는 지대라 가옥과 상점이 별로 많지 않았다. 유주시를 북으로 하고 흘러가고 있는 강의 남쪽엔 병풍 모양으로 길게 산이 연결되어 있는데 천연동굴이 99개나 뚫려 있다고 한다. 이곳이 임시 방공호로 이용되고 있는 굴이다. 하지만 이 천연동굴의 단점은 입구에 작탄을 맞으면 그대로 무덤이 된다는 것이다. 그러나 일단 공습이 울리고 나면 피난민들에겐 다른 선택이 없었다. (가운데 줄임) 동굴에 들어가자마자 일본 비행기가 작탄을 수없이 떨어뜨리는 모양이었다. 석굴이 심히 흔들리며 당장 무너지는 듯하고 동굴 안의 상태는 천둥번개 치듯 불빛이 번쩍이며 천장이 내려앉는 듯 작은 돌 부스러기가 자꾸 떨어져 나는 허리를 구부려 제시의 몸을 방어하며 폭탄 투하가 멈춰 지기만을 기다릴 뿐이다.

몇 십 분이 지나자 폭파하는 소리가 끊어지더니 십여 분 후 해제되었다. 겁에 질린 일행이 머뭇거리며 굴 밖으로 나와 보니 처참한 광경이었다. 우리가 들어있었던 집 앞뒤, 오른 쪽, 왼쪽이 불바다를 이루었고 동굴문 밖의 넓은 밭에는 작탄이 떨어져 패인 웅덩이가 헤아릴 수 없이 많았고 참혹하게 된 시신도 많이 눈에 띄었다."

-1938년 12월 5일 중국 유주에서《제시의 일기》-

최선화 애국지사는 당시 중국 유주 생활을 그렇게 적었다. 그가《제시의 일기》를 쓴 시기는 중일전쟁이 한창이던 1938 년 7월부터 1946년 4월까지로 이 무렵은 나라 잃고 세운 상해임시정부마저 유주, 광주, 기강, 중경 등 떠돌이 생활을 하던 때이다.

인천이 고향인 최선화 애국지사는 1931년 이화여전을 졸업하고 모교에서 교편을 잡다가 1936년 상해로 건너갔다. 이곳에서 간호대학을 다니다 중퇴하고 흥사단에 가입하였으며 임시정부 재무차장이던 양우조 애국지사를 만나 함께 독립운동의 길을 걸었다.

1940년에 한국독립당이 창립되자 이에 가담하여 임시정부를 적극 뒷바라지하였으며, 같은 해 6월 임시정부가 광서성 유주에서 사천성 기강으로 이전한 뒤에는 교포 부인들을 단합시켜 한국혁명여성동맹(韓國革命女性同盟)위원으로 활동하였다.

1943년 2월에는 다시 임시정부를 쫓아 중경으로 옮겨 가, 기미년 3·1독립운동 직후에 조직되었던 애국부인회의 재건운동에 착수하여 조국과 민족의 자주독립을 지향하는 한국애국부인회의 재건선언문을 발표하기도 하였다. 여기서 최선화 애국지사는 서무부장에 선출되었으며, 회장에는 김순애 애국지사가 추대되었다.

애국부인회는 임시정부를 도와 각 방면에서 눈부신 활동을 벌였는데, 방송을 통하여 국내외 여성들에게 각성과 분발을 촉구하기도 하였으며, 위문품을 거두어 항일전선에서 활동하는 광복군을 위문하는 한편 여성과 청소년들의 계몽과 교육에 온 힘을 쏟았다.

정부에서는 그의 공적을 인정하여 1991년에 건국훈장 애국장(1977년 대통령표창)을 수여하였다.

## 남편 양우조 애국지사 (1897. 3. 29 ~ 1964. 9. 24)

····························································································

　평안남도 강서에서 태어나 1915년 상해로 망명하였다가 열아홉의 나이로 1916년 미국 유학길에 올랐다. 미국에서 방직공학을 전공한 뒤 1929년 상해로 건너가 임시정부가 환국할 때까지 임시의정원, 한국독립당, 한국광복군에서 주요 간부로 활약하였다.

　양우조 애국지사의 삶을 크게 세 시기로 나눠 보면 다음과 같다.

　첫째는 미국 유학시기다. 만 19살의 나이로 미국에 도착한 그는 인디애나주 사우스밴드에서 만학의 나이로 중학교를 마치고 서른 살인 1927년에 매사추세츠주 뉴벳포드 직조학교를 졸업했다. 국내의 3·1만세운동 소식이 전해지자 시카고 발기인 대표로 활동하였고 이는 1921년 4월 북미 한인유학생 총모임으로 발전했다. 이 시기에 흥사단 활동에도 관여하여 흥사단명부에는 1925년 199번으로 흥사단원이 된 것으로 기록되어 있다.

　둘째는 1929년 상해로 건너가 흥사단, 임시의정원, 한국독립당, 한국국민당 간부로 활약하던 시기다. 미국에서 직물공부를 한 양우조 애국지사는 식민지 조국에서 방적공장을 설립할 꿈을 꾸었으나 일제의 감시로 상해로 망명하여 독립운동에 뛰어들게 된다. 1930년 상해에서 열린 흥사단 원동대회에 참여하면서 공식적인 활동을 시작하였다.

그 뒤 임시정부의 기초세력인 한국독립당의 조직 확대에 관여하였는데 화남지역의 중심지역인 광주에 파견되어 한독당 광동 지부 간사로 활동하였다. 1935년 11월 차리석, 김구 등과 한국국민당을 창당하여 활동하였으며 주로 광주에서 활동하던 그는 임시정부가 장사로 이전함에 따라 1938년 임시정부와 합류하게 된다. 이 무렵 1937년 최선화 애국지사와 결혼하여 제시와 제니 두 딸을 얻게 된다.

셋째는 임시정부의 중경 시대로 이 시기에 그는 임시정부와 함께 일본군의 공격을 피해 광주, 유주, 기강 등으로 이동하다가 1940년 9월 중경에 정착하게 된다. 1942년 임시정부의 곳간을 책임진 재무부부원, 생계부 차장을 거쳐 1944년 7월에는 임시정부의 회계검사원을 맡았다.

독립운동가 가운데 정치적 안목과 식견을 갖춘 이론가라는 평을 받는 양우조 애국지사는 손문의 《삼민주의》, 《손문학설》을 번역하는가하면 〈한국독립운동에 관한 개황〉, 〈한국민족통일에 대한 이론과 실천〉과 같은 저술을 통해 독립운동의 이론적 토대를 마련함과 동시에 광복 후 독립국가 건설 문제에 관해 깊은 관심을 가졌다.

1945년 6월 한국광복군 정훈처 훈련과장직을 수행하다가 광복 후 1946년 5월에 귀국하였다. 정부에서는 고인의 공훈을 기리기 위하여 1963년에 건국훈장 독립장을 추서하였다.

## 어머니의 사랑이 듬뿍 밴 《제시의 일기》

"사고파는 물건이 오밀조밀 많은 시내여서 그런지 제시는 상점에 있는 물건이든 길가에 놓여 있는 것이든 가지고 싶은 것은 사달라고 요구하기 시작한다. 이제 이 아이가 세상에 가지고 싶어 하는 것은 얼마나 많아질까? 생후 세 돌이 안 된 아이에게 자신의 것으로 만들려고 하는 욕심이 생겨난다. 내 것이란 이름으로 가지고 싶은 마음, 사물이나 사람이나 자신의 것으로 만들지 않고 함께 보고 나눌 수는 없는 것이다. 세상의 갈등과 괴로움을 단지 소유욕으로 단정 지을 만큼 간단한 일은 아니겠지만 오늘 우리가 갖는 많은 절망과 어둠이 욕심에서 비롯된 게 아닌가 다시 생각해 보게 된다."

최선화 애국지사는 1941년 1월 4일(토) 사천성 중경에서의 생활을 이렇게 적고 있다. 《제시의 일기》에서 최선화 애국지사가 하고 싶었던 말은 무엇일까? 단국대 한시준 교수의 추천사를 옮겨본다.

"이 책은 임시정부에서 활동한 독립운동가 부부가 쓴 일기다. 양우조와 최선화가 그들이다. 이들은 1938년 7월부터 1946년 4월까지 일기를 썼다. 이 시기는 중일전쟁의 전란 속에서 임시정부가 중국대륙 각지로 이동해 다니며 고난의 행군을 했던 그리고 중경에 정착하여 활동하다가 해방을 맞아 귀국하는 시기다. (중간 줄임) 최선화는 이화여전 영문과 출신의 신여성이었다. 당시로는 대단한 용기로 결혼을 약속한 양우조를 찾아 홀로 중국땅으로 건너간 뒤 평소 주례를 잘

서지 않는 것으로 유명한 김구 선생의 주례로 결혼식을 올리고 부부가 되었다. 이들은 임시정부의 가족이었고 이들 부부의 삶은 임시정부와 함께 엮어 졌다(중간 줄임). 이 책은 역사적으로도 중요한 의미가 있다. 이 일기가 쓰였던 중일전쟁 하의 임시정부에 관해서는 오늘날에 남겨진 자료가 극히 드문데 이 기록들은 임시정부가 일본공군기의 공습을 받으며 장사, 광주 ,유주, 기강을 거쳐 중경으로 이동한 과정과 실상을 알려주는 유일한 일기다."

 이 책을 통해 나라 잃고 남의 땅에서 독립의 날을 학수고대하며 아이를 낳아 기르면서 독립운동에 헌신했던 사람, 특히 아내로써 어머니로써 독립의 최일선에서 뛰었던 제시와 제니 어머니이자 독립운동가 최선화 애국지사를 새롭게 인식할 수 있었다.

의사요 교육자인 제주 독립운동의 화신

# 최정숙

내나라 임금 승하에
목 놓아 울지 못하던
백성들 틈에 끼여

속치마에 이름 석 자 새기고
만세운동 나간 뜻은
죽음이 두려워서가 아니외다

행여 찾지 못할 주검들 속에
오열하실 어머니를 위한
가슴시린 마음이었다오

헐벗고 병든 내 동포
의사되어 고치리라
못 배우고 무지한 내 동포
제대로 가르치리라
맹세한 각오

다 이루던 날
소녀 적 꿈 수녀 옷 입고
웃으며 눈 감았다네

* 최정숙 애국지사는 어릴 적에 수녀가 되고 싶었지만 독립만세운동으로
  잡혀 가 감옥살이 한 것이 흠이 되어 수녀가 되지 못했다. 그러나 평생
  독신으로 독립운동과 의술을 베풀며 마지막으로 교육자의 삶을 살다 운
  명하는 날 평생소원이던 수녀옷을 수의로 입고 떠나셨다.

# 최정숙 (崔貞淑, 1902. 2.10 ～ 1977. 2.22)

▲ 최정숙 애국지사(왼쪽) 만세운동으로 잡혀가 받은 판결문에는
최정숙 이름이 선명하다

"1919년 고종황제의 국상 때 나는 17살 소녀였다. 그날 나는 대한문 앞에서 큰 갓에 거적을 깔고 통곡하는 동포들 틈에 끼어 나라 없는 설움과 일인들에 대한 분노가 북받쳐 올라 목숨이라도 바칠 각오로 목이 터져라 대한독립 만세를 외쳤다. 그러나 이날 대한문 앞에서 만세운동을 한 사실이 학교 측에 발각돼 다음날 직원실로 끌려갔다. 담임선생과 훈육선생은 나에게 무릎을 꿇게 하고 의자를 들고 서있도록 하는 엄한 벌을 주었다. 일인교사들은 펄쩍 뛰면서 이후 덕수궁 쪽에는 얼씬도 하지 못하도록 꾸짖었다. 내나라 임금이 돌아가셨는데도 마음 놓고 울지도 못하는 가련한 백성! 이날의 사건은 어린 나에게 애국심을 불러일으키는 다시없는 밑거름이 되었다."

- 제남일보, 최정숙 증언 '내가 걸어온 길' 가운데서 1973.9.17 -

1902년 제주 삼도리에서 태어난 최정숙 애국지사는 제주 신성여학교(현, 신성여자고등학교)를 1회로 졸업한 뒤 당시로는 쉽지 않은 서울 진명여학교로 유학을 왔다. 당시 제주도에서 서울유학이란 꿈도 꾸지 못할 일이었지만 어린 정숙은 법조인이었던 아버지를 설득하고 졸라 서울 유학의 꿈을 이뤘다. 진명여학교에 진학한 뒤 줄곧 1등을 맡았으며 경성여자고등보통학교 사범과 시절 3·1만세운동에 참가하였다가 투옥 되었다.

　"정숙이 형무소에 들어간 지 한 달쯤 지났을 때 갑자기 어느 감방에서인가 '대한독립만세' 를 외치는 어린 소녀의 목소리가 터져 나왔다. 그 소리가 도화선이 되어 형무소 안은 온통 대한독립만세 소리로 가득차고 말았다. 이튿날 알고 보니 대한독립만세를 외친 사람은 유관순이었다"

-《수도자의 삶을 살다간 독립운동가
제주교육의 선구자 최정숙》박재형 지음 -

　3·1만세운동으로 최정숙 애국지사는 왜경에 잡혀 1919년 11월 6일 경성지방법원에서 이른바 보안법 위반으로 징역 6월에 집행유예 3년을 받기까지 8개월여의 혹독한 옥고를 치렀다.

　출옥 뒤에는 1925년 목포소화학원 교사를 시작으로 전주 사립혜성학교 등에서 민족교육에 힘썼다. 그러나 당시 질병으로 고통 받는 환자들이 의료혜택을 못 받고 있는 것을 보고 1943년 41살의 만학으로 경성여자의학전문학교를 1회로 졸업하게 된다. 의사가 된 뒤 고향 제주로 내려가 의료혜택을 받지 못하는 사람들을 극진하게 보살폈다.

▲ 평생 독신으로 수많은 학생들을 아들처럼 뒷바라지 한 최정숙 애국지사

그러던 중 일제강점기에 폐교된 모교인 신성여학교를 그냥 놔둘 수 없다고 판단하여 제주여성들의 지위향상을 위해서도 신성여학교의 부활이 이뤄져야한다는 신념으로 지역유지를 쫓아다니며 설득하여 마침내 1946년 9월 신성여자중학원(중학교)을 열고 초대 교장이 되어 학생들과 손수 괭이 삽, 삼태기를 들고 학교 운동장을 만드는 등 열악한 교육환경 속에서도 오로지 여성교육에 힘썼다. 이후 제주 신성여자중·고등학교 교장을 거쳐 초대 제주도 교육감으로 제주 교육을 정상으로 이끄는 일에 평생을 바쳤다.

최정숙 애국지사는 평생 결혼하지 않고 독신으로 생을 마감했지만 그에게는 양아드님이 한 분 계신다. 당시 제주농고

4학년이던 안홍찬(현, 85살) 군을 아들로 삼은 것이다. 양아들로 삼은 계기는 신성여학교 교장이 되어 날마다 이른 새벽 마당을 손수 쓸고 있을 때 안홍찬 학생이 비가 오나 눈이 오나 늘 함께 하루도 빠지지 않고 마당 쓰는 일을 돕는 것이 계기가 되었다.

그때 최정숙 교장 선생님은 부지런한 홍찬 소년을 보고 '이런 아들 하나 있으면 좋겠다'고 한 것이 인연이 되어 홍찬 학생을 아들로 삼게 되었다. 마침 홍찬군의 어머니는 신앙심이 깊은데다가 신교육을 받은 분이고 최정숙 교장선생님과 친분이 있어 흔쾌히 아들에게 최정숙 교장 선생님을 어머니처럼 모시라고 한 것이 계기가 되어 평생을 최정숙 애국지사의 아들로서 운명할 때 까지 함께 했다.

며칠 전 제주 신성학교를 둘러보고 만나 뵌 며느님 김정희(현, 81살) 여사는 반갑게 글쓴이를 맞이하면서 어머님의 회상에 눈시울을 붉혔다.

"어머님은 3·1만세운동 때 혹시 왜경에 잡혀 죽음을 당하게 되면 시체라도 찾으라고 속치마에 이름 석 자를 써 두셨다고 했습니다. 서울 유학시절 만세운동에 앞장섰던 당찬 분이지만 인간적으로는 참으로 자상한 분이셨습니다."

그러면서 최정숙 애국지사와의 소중한 인연인 담긴 여러 권의 앨범을 꺼내 보여주었다. 그 속에는 제주여성의 선각자요 독립투사였던 어머니의 일생이 고스란히 들어 있었다. 뿐만 아니라 최정숙 애국지사가 독립 운동하면서 왜경에 잡혀 받았던 판결문 원본 등을 소중한 상자에서 꺼내 보여주었다. 원본을 보기는 처음이었는데 얇은 종이에 여러 장으로 되어 있었다.

제주신성여학교는 1900년 초 제주도에 여자교육기관이 전무함을 알고 안타까워하던 프랑스 출신 라크루신부(1871~1929)가 갖은 어려움을 극복하고 1909년 10월 18일 학교를 열었고 지난 2009년은 100주년 되는 해였다. 개교 당시에는 40여명의 학생들로 시작했던 학교가 2014년 현재 30학급에 학생 1,201명으로 성장했으며 개교 100주년을 맞아 제주를 대표하는 여성교육기관으로 교명(校名)처럼 "빛나는 별"이 될 수 있었던 데는 독립운동가이자 초대교장인 최정숙 애국지사의 지대한 숨을 공이 있음을 잊어서는 안 될 것이다.

김양윤 행정실장의 친절한 안내로 제주신성여자고등학교 교정을 둘러보았다. 교정 한쪽에는 개교 100주년 맞아 기념관을 지어 놓았는데 운동장 끝까지 걸어가며 올려다 본 하늘은 한 겨울임에도 높은 가을 하늘처럼 맑고 푸르렀다. 100주년 기념관 문을 열고 들어서니 인자한 모습의 최정숙 교장선생님 동상이 새겨져 있어 가슴이 뭉클했다.

▲ 최정숙 애국지사를 극진히 모신 김정희 며느님(양아드님 안흥찬 부인)과 함께

국난의 시기에 태어나 나라를 위해 목숨을 바친 분은 적지 않다. 그러나 교육자로서 의사로서 더 나아가 독립투사로 일생을 통해 헌신하신 분은 그리 많지 않다. 최정숙 애국지사의 희고 순결한 나라사랑 정신을 되새기면서 교정을 나오는데 방학임에도 학업에 매진하는 학생들의 재잘거림이 여느 때보다 더 소중히 느껴졌다.

정부에서는 고인의 공훈을 기리어 1993년에 대통령표창을 추서하였다.

# 동포의 비분강개를 토해내던 여장부
## 최형록

이백만 동포가 빼앗긴 나라를
되찾는 길은
동북아를 강점한 일제를 몰아내는 일

이백만 동포가 살아 갈 길은
일제의 만행을 전 세계에 알리고
국토를 회복하여 돌아가는 길

사자후를 토해 내며
쩌렁쩌렁한 목소리로
동포의 비분강개를 토해내던 여장부

중국신문 앞 다투어
당찬 홍일점 독립투사 애국정신
만고에 적어 전했네

▲ 최형록 애국지사(왼쪽)
외무부 총무과 과원 최형록 임명장(임시정부, 1944년 12월 4일)

## 최형록 (崔亨祿 1895. 2.20 ~ 1968. 2.18)

"일본이 동북을 강점한 이래 상해에 거주하고 있는 각계 한국인들은 침통함을 금하지 못했다. 어제 오후 2시 무렵 한국교포들은 또 민국로의 한 교회당에서 전체대회를 소집했다. 대회 참석자는 무려 300여 명이나 된다. 장내에는 일본 제국주의를 규탄하고 중국인과 함께하자는 플래카드로 넘쳐났다. 민단장 김구가 애국가를 부르는 것으로 개회를 선포하는 동시에, 대회 취지를 설명했다. 이를 뒤이어 이동녕을 주석으로 선출하여 대회를 진행했다. 조소앙이 일본이 동북을 강점한 과정을 상세히 설명하였고, 뒤이어 차리석, 조완구, 박창세, 최형록과 중국 기자 진 씨 등이 전후하여 비분강개한 연설을 했다."

1931년 9월 27일 중국에서 발행한 『신보,申報』는 중국 안에서 침략자 일본에 대한 규탄대회를 열었다고 보도 했다.

여기서 쟁쟁한 남성들과 어깨를 나란히 한 여성이 바로 최형록 애국지사다. 이 날의 상황을 좀 더 살펴보자.

"상해에 거주하고 있는 모든 한국교포들은 심각한 현 시국에 대하여 국내외 독립운동자와 일반 민중들을 격려하며, 한결같이 일어나 항일을 위해 궐기해야 한다. 동북을 강점하는 침략행위를 단행한 일본을 무조건 몰아내야만이 한·중 양국의 강토를 확보할 수 있으며 동아시아를 해방할 수 있다. 우리는 이것을 충분히 인식해야 한다. 이에 한·중 양국의 공동투쟁을 촉진하기 위하여 다음과 같이 결의한다.

(1)중국 동삼성을 점령한 일본에 대하여 국내외 동포들은 선언을 발표하는 동시에, 구체적으로 한·중 양 민족의 연합전선을 실현해야 한다. (2)한·중 양국에 대한 일본의 역사적인 침략행위를 세계에 선포해야 한다. (3)동삼성에 거주하고 있는 200만 동포들은 중국 민중과 어깨를 나란히 하며 생사를 같이 해야 한다. (4)적들의 점령구에서 적들의 앞잡이로 나선 주구들을 처단해야 한다. (5)중국이 일본에 대하여 조속히 무력을 동원하도록 노력해야 한다. (6)한·중 양 민족이 하루빨리 국토를 회복하고 주권을 회복하기 위한 동맹군을 조직하여 공동으로 투쟁해야 한다."

이날 남녀노소 300여명의 참석자들은 결의문을 통과시키고 오후 6시에 폐회했다. 회의 참석자들은 하나같이 한민족의 기개(氣槪)를 높여 일제국주의를 몰아내자고 한 목소리를 냈던 것이다. 여기서 홍일점으로 연설을 맡은 최형록 애국지사는 평양이 고향으로 1914년 열아홉 살에 박은식, 신규식 선생이 세운 상해의 박달학원(博達學院)에서 수학하면서 민족의식을 키워 나갔다.

1918년 스물세 살 때 독립운동가 조소앙 선생과 결혼하면서 본격적으로 독립운동계에 두각을 나타내었다. 1940년 최형록 애국지사는 한국여성동맹회를 조직하여 감찰위원으로 활동하는 한편, 1943년에는 애국부인회 간부로 활동하였다. 한편 최형록 애국지사는 1940년 5월 중경에서 한국국민당·재건한국독립당·조선혁명당 등 3당이 통합하여 결성된 한국독립당에 가입하여 여성당원으로서 독립운동의 일선에서 활약하였다.

또한 1943년 12월 임시정부 외무부 총무과 과원으로 선임되어 남편과 함께 임시정부의 외교활동을 전개하였다. 최형록 애국지사는 조소앙 애국지사의 두 번째 부인(첫 번째 부인은 오영선 씨)으로 따님 조계림 (趙桂林 1925.10.10 ~ 1965. 7.14)선생도 독립운동가다.

정부는 최형록 애국지사에게 1989년에 건국훈장 대한민국장을 추서했다. 따님인 조계림 애국지사에게는 1996년에 건국훈장 애족장을 추서하였다.

## 남편은 임시정부 의정원 조소앙 애국지사

조소앙(趙素昂, 본명 용은‘鏞殷’, 1887. 4.10 ~ 1958. 9.) 애국지사는 아버지 조정규와 어머니 박필양 사이에서 7남매 중 2남으로 태어나 6살부터 정삼품 통정대부이던 할아버지 조성룡의 문하에서 수학하였다. 1902년 성균관에 최연소자로 입학하였으며, 공부하던 중 역신 이하영 등의 매국음모를 막기 위하여 신채호 등과 제휴하여 성토문을 만들어 성균관학생들을 일으켜 항의 규탄하였다.

1904년 성균관을 수료하고 7월에 황실유학생에 뽑혀 일본으로 건너가 도쿄부립제일중학교(東京府立第一中學校)에 입학하였다. 1905년 을사조약이 체결되자 도쿄 유학생들과 같이 우에노(上野)공원에서 7충신 추모대회와 매국적신 및 일진회의 매국행각 규탄대회를 열어 일제를 꾸짖었다. 그해 12월에는 도쿄부립제일중학교 가츠우라(勝浦炳雄) 교장이 일제의 한국침략의 필연성을 말하자 이를 곧바로 반박하여 퇴학처분을 받을 만큼 옳고 그름을 분명히 하였다.

조국이 일제에 강탈당하자 항일운동의 발판을 마련하고자 1913년 북경을 거쳐 상해로 망명한 뒤 신규식·박은식·홍명희 등과 동제사(同濟社)를 개편하여 박달학원(博達學院)을 세워 청년 혁명가들을 길렀으며 이는 중국에서의 항일독립운동을 위한 발판이 되었다.

1919년 3·1만세운동 직후에 조소앙 애국지사는 국내에서 조직된 조선민국임시정부의 교통무경에 추대되었으며 같은 해 4월 상해에서 임시정부를 수립할 때 앞장서서 참여하였다. 임정출범의 법적 뒷받침이 된 '임시헌장'과 '임시의정원법'의 기초위원으로 실무 작업을 담당하여 민주공화제 임정 수립의 산파역 중의 한사람으로서 임무를 다하였다.

1945년 8·15 광복을 맞아 12월 조소앙 애국지사는 임시정부 대변인으로 한국독립당 부위원장으로 환국하였는데, 환국 당시에는 대한민국 건국강령에 따라 건국운동을 계획하였다. 임시정부요인들은 이러한 스스로의 정치적 포부를 실현하기 위해 전력을 다하였으나 뜻하지 않게 국토는 남북으로 갈리게 되었고 남한만의 단독선거에 의한 정부가 들어서자 대한민국을 임시정부의 정통성을 계승한 정부로 인정하고 '사회당'을 결성하고 위원장에 뽑혔다.

이 사회당의 기본노선은 결당대회 선언서에서 밝힌 바와 같이 "대한민국의 자주독립과 남북통일을 완성하고 정치·경제·교육상 완전 평등한 균등사회 건설에 앞장"서는 것으로 먼저 대한민국 체제 내에서 삼균주의 이념(정치·경제·교육상 완전 평등한 균등)을 실천하려는데 있었다.

그러나 6·25 한국전쟁으로 서울에서 강제납북 되어 자신의 뜻을 펼치지 못한 채 북한에서 임종을 맞이하였는데 1958년 9월 조소앙애국지사는 임종에 즈음하여 "삼균주의 노선의 계승자도 보지 못하고 갈 것 같아 못내 아쉽다. 독립과 통일의 제단에 나를 바쳤다고 후세에 전해다오"라는 말을 남겼다고 한다.

조소앙 애국지사는 우리 겨레의 역사와 문화에 관련된 저술 활동에도 심혈을 기울였는데 민족문화의 독창성과 우수

함을 강조하여 독립정신을 고취시키고자 쓴 책으로는 《발해경(渤海經, 1922)》, 《화랑열전(花郎列傳, 1933)》, 《대성원효전(大聖元曉傳, 1933)》, 《이순신귀선지연구(李舜臣龜船之研究, 1934)》 등이 있다.

➕ ⚫더보기 2

## 조소앙 집안의 독립운동가들

함안 조 씨 가문은 시조 조정(趙鼎)이 왕건을 도와 고려통일에 큰 공을 세운 개국벽상공신(開國壁上功臣)이었다. 여말선초에 두문동 72현 중에 고죽제(孤竹齊) 안경(安卿)과 덕곡(德谷) 승숙(承肅) 두 분이 있다. 조선조 생육신인 어계(漁溪) 여(旅), 또한 임란과 호란 등을 당했을 때 수천(壽千) 등 함안 조씨 13충(忠)이 있다.

조정규 선생의 장남 용하(鏞夏, 1977 독립장), 차남 소앙 (1989 대한민국장), 3남 용주(鏞周, 1991 애국장), 4남 용한(鏞漢, 1990 애국장), 딸 용제(鏞濟, 1990 애족장), 5남 용진(鏞晋), 6남 시원(1963 독립장) 등은 자랑스러운 독립운동가들이다.

그뿐만 아니라 시제(時濟, 1990 애국장, 조소앙의 2남), 인제(仁濟, 1963 독립장, 조소앙의 3남), 계림(桂林, 1996 애족장, 조소앙의 따님), 순옥(順玉, 1990 애국장, 조시원의 장녀, 안춘생 전 독립기념관장의 부인), 자부 이순승(李順承, 1990 애족장, 조시원의 부인) 등 손자손녀 5명을 합하여 일가족 11명을 독립운동가로 키운 독립운동가의 명문가다.

# 군자금 모아 광복 꽃피운
## 한영신

한 땀 한 땀 자수 놓아
수예품 만들며 다진 마음

은비녀 빼고 머리카락 잘라
독립의 꿈을 키우던 마음

여자들이 움직여야 산다
여자들이 움직여야 산다

독려하며 앞장서서
구국의 횃불을 높이 든 이여

임이 모은 군자금
독립의 밑거름 되어
고귀한 광복의 꽃으로
피어났어라

# 한영신 (韓永信, 1887. 7.22 ~ 1969. 2.20)

평북 신의주사람으로 1919년 6월 평양에서 김용복·김보원·김신희 등 장로파 부인 신도들과 함께 애국부인회를 조직하고 이 부인회 회장으로 활약하였다. 평양 장대현 예배당에서 결성된 애국부인회는 상해의 대한민국임시정부를 지원하기 위하여 군자금 모집 및 임시정부의 선전활동 등을 전개하는 한편 평안도일대의 장로파 교인들을 중심으로 조직을 확대해 나갔다.

이때 그는 왜경의 감시망을 피하기 위하여 노파로 변장하여 군자금을 모집하였다. 이 무렵 평양에서는 장로파를 중심한 애국부인회 외에도 감리파를 중심으로 생겨난 애국부인회가 활동하고 있었다. 그리하여 이들 두 여성조직들은 합동을 모색하여 1919년 11월 대한애국부인회(大韓愛國婦人會)로 통합하였는데, 이때 한영신 애국지사는 대한애국부인회 연합회 본부 부회장을 맡았다.

대한애국부인회는 8백 원의 군자금을 모집하여 임시정부에 송금하는 등 활발하게 활동을 전개하였으나, 1920년 10월 이 모임이 왜경에 발각되어 잡혀들어 갔다. 그는 이 일로 1심에서 징역 2년 6월을 받고 공소했으나 평양복심법원에서 오히려 6개월의 형량이 늘어난 징역 3년을 받아 옥고를 치렀다.

출옥 후 평양여자신학원(平壤女子神學院)에서 교사로 근무하는 한편 전국기독교 부인전도회 회장을 맡아 전도사업을 벌였는데 일제의 탄압에 의해 회장직을 사임하였으며 이후 일제의 주요 감시대상으로 고초를 겪었다.

정부에서는 고인의 공훈을 기리어 1995년에 건국훈장 애족
장을 수여하였다.

## 비밀결사대 대한애국부인회 회원을 검거하라

被告韓永信發起者トナリ大正八年六月下旬金寶源,金用福,
金信喜外數名ヲ平壤章台峴ノ自宅ニ招キ先ツ朝鮮現下ノ民
心及獨立運動ノ狀況ヲ今日ノ時勢ハ獨リ男子ノミニ
獨立運動ヲ委スヘキニアラス婦人ナルカ故ニ拱手傍觀スル
カ如キハ同胞義務ニ反スルノミナラス男子ニ對シ恥ツヘキ
ナリ故ニ吾々婦人ハ愛國婦人會ヲ組織シ以テ朝鮮獨立ノ爲
努力セサルヘカラスト激勵スルヤ一同之ニ贊成シ身命ヲ堵
シテ奔走スヘキ旨ヲ誓ヒ韓永信ヲ會長ニ推シ列席者ヲ夫々
役員ニ擧ケ同志叫合會費ノ徵收,軍資金ノ募集,排日思想ノ
鼓吹,決死隊獨立團其他運動員ノ庇護援助等ニ關スル事項ヲ
決議シ越ヘテ同年八月上旬被告金用福方ニ韓永信外七名ノ
重ナル幹部集合シ活動ノ經過役員ノ改選及監理派合同ノ可
否ヲ密議シ聯合ノコトニ決定散會セリ

▲ 조선총독부에서 대한애국부인회에 씌운 죄목 원문

1920년 11월 4일 조선총독부 경찰총장(朝鮮總督府警務總長)은 비밀결사 조직인 대한애국부인회 회원들을 검거하였다. 당시에 한영신 애국지사도 무지막지한 왜경에 잡혀 옥고를 치러야 했는데 그들이 한영신 애국지사에게 덧씌운 죄목을 번역하면 다음과 같다.

〈번역문〉

피고 한영신 발기자는 대정 8년(1919) 6월 하순 김보원, 김용복, 김신희 외 다수를 평양 장대현에 있는 자택으로 불러모아 조선의 민심동향 및 독립운동 상황을 설명하고 이러한 상황에서 남자에게만 독립운동을 맡길 수 없다고 하면서 부인이라고 수수방관 하는 것은 동포의 의무에 반하는 것이라고 역설했다.

또한 이러한 일은 남자들에게 부끄러운 일이므로 부인들은 애국부인회를 만들어 조선독립을 위해 노력해야한다는 말에 동지들이 찬성하여 신명을 다해 뛸 것을 맹세하고 한영신을 회장으로 추천하였다. 참석한 부인들은 모두 동지 규합회비를 모아 군자금 모집, 배일사상, 결사대독립단 기타 운동원 보호, 원조 등에 관한 사항을 결의하였다.

이에 같은 해 8월 상순 피고 김욕복 집으로 한영신 외 중책을 맡은 간부 7명이 집합하여 그간 활동의 경과보고와 임원 개선 및 감리파와 합동 여부를  비밀리에 연합하기로 결정하고 산회하였다. (번역: 글쓴이)

# 양대리 만세운동 14살 소녀
# 한이순

열네 살 광명학교 어린 소녀
읍내에 번진 만세운동
눈감을 수 없어

태극기 높이 들고
양대리 시장으로 떨쳐 나갔네

다시는 영원히
빼앗기지 않으리라
다짐한 태극기 물결 속에

아우내의 유관순
양대리의 한이순

꺼지지 않는 횃불
높이 들어

독립의 투지 만천하에
비추었네

# 한이순 (韓二順, 1906.11.14 ~ 1980. 1.31)

▲ 한이순 애국지사
(사진 국가보훈처'제공)

"피고 한이순은 충청남도 천안군 입장면 양대리 사립광명학교 학생으로 대정 8년(1919) 3월 10일 무렵 학교 안에서 입장 장날(20일)을 기하여 이 학교의 학생 다수를 선동하여 조선독립운동을 위한 만세를 부르기로 공모하였다. 이를 위해 이들은 학교 안에서 서로 공동으로 태극기를 만들어 17일 무렵 학교 학생을 상대로 만세운동을 미리 공모하였고 20일 오전 10시 양대리 장날을 이용해 이 학교 학생 80명을 인솔하여 태극기를 흔들며 조선독립만세운동을 불렀다."

위 기록은 조선총독부 검사 야마다 순페이(山田俊平)가 한이순 애국지사에게 "사립광명학교 학생으로 동교생을 선동 일반주민과 함께 태극기를 흔들며 조선독립만세를 불러 치안을 방해한 사실이 있는 자"라는 죄명을 씌워 1919년 4월 28일 공주지방법원에서 내린 판결문이다. 이 판결문에는 민옥금, 황금순도 함께 같은 죄목으로 징역 1년을 받았다.

만세운동 당시 14살이었던 한이순 애국지사는 충남 천안에서 태어나 사립광명학교에 다니고 있었다. 이 무렵 광명학교(光明學校)에는 민족정신이 투철한 선생님이 계셨는데 바로 강기형 (姜琦衡, 1868. 1.25 ~ 모름) 애국지사였다. 당시 만세운동은 양대리 장날 뿐 아니라 아우내 장날에도 독립만세 운동의 불길은 당겨지고 있었는데 이곳에서는 유관순이 3월 13일에 귀향하여 유중권, 유중무, 조인원 등에게 서울의 3·1만세운동 상황을 설명하면서 아우내(병천) 장터에서의 만세운동을 꾀하는 등 충남 지역은 천안, 공주 등에서 수많은 애국지사들이 저항의 횃불을 높이 들었던 곳이다.

정부에서는 고인의 공훈을 기리어 1990년에 건국훈장 애족장을 추서하였다.

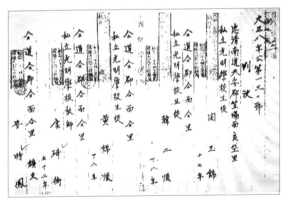

▲ 1919년 4월 28일 공주지방법원의 한이순 애국지사 판결문

## 충남 천안에서 드높인 만세의 물결

입장의 3·1운동은 민옥금·한이순·황금순·안시봉 등의 주도로 3월 20일에 양대리 시장에서 있었다. 광명학교 학생 한이순 등은 입장 장날에 독립만세를 부르자고 결의하고 3월 17일 무렵 학생들에게 알리고 교내에서 태극기를 만들었다.

직산금광 광부 안시봉도 독립만세를 부르기 위하여 자택에서 태극기를 만들었다. 3월 20일 오전 10시 쯤 민옥금·한이순·황금순은 학생 약 80명과 함께 양대리 시장에 이르러 태극기를 흔들며 독립만세를 외쳤다. 광명학교 교사 강기형도 독립만세를 불렀고, 김병렬·김채준·조쌍동 등도 적극적으로 참여했다. 이들은 입장시장으로 이동하여 600~700명과 함께 독립만세를 불렀다.

3월 27일에는 직산금광 광부 100여 명이 밤에 양대리 헌병대주재소에 가서 독립만세를 부르고 돌을 던지며 주재소를 공격하였다. 28일에는 직산금광의 광부인 박창신 등이 만세운동을 이끌었다. 그는 3월 25일 안은·한근수 등에게 독립만세운동을 권유하여 찬동을 얻었다. 이들은 27일 자기 집에서 태극기를 만들어 28일 갱부들의 교대시간에 독립만세를 부르도록 호소하고 함께 입장시장으로 이동하여 독립만세를 부르기로 결의하였다.

28일 오전 6시 30분쯤 금광 광구에 도착한 이들은 교대하는 광부들에게 독립만세를 부르자고 권유했다. 광부들은 갱구 입구에서 대한독립만세를 부르고 입장시장으로 이동하였다. 200여 명이 입장시장으로 이동하던 중에 양대리 주재소 헌병과 천안 철도원호대 보병들과 만나 강력한 제지를 받았다. 격분한 군중들은 7시 반 무렵에 양대리 헌병주재소를 공격하였다. 군중들은 헌병들의 무기를 빼앗기 위하여 헌병들과 격투를 하였고, 주재소의 전화선을 절단하는 등 기물을 파손했다.

▲ 1919년 4월 28일 민옥금, 한이순, 황금순 등은 사립광명학교 학생으로서 학생들을 선동하여 태극기를 만들고 만세운동을 했다는 죄목을 나열한 공주지방법원 야마다 순페이 검사의 판결 이유문

천안에서 3·1만세운동은 이문현·허병·최오득·인시봉 등의 주도로 3월 29일에 읍내 시장에서 있었다. 이문현·허병은 오후 2시 무렵부터 시장에서 두 손을 높이 들어 독립만세를 외쳤다. 이때 최오득도 30~40명에게 '대한국독립만세'를 외치고 시장 건물의 추녀 밑에 있는 사람들에게 독립만세를 부르도록 하자 군중들도 함께 독립만세를 불렀다.

이에 3,000여 명이 태극기를 흔들고 대한독립만세를 부르며 시장 일대에서 독립을 외쳤다.

병천에서 3·1운동은 홍일선·김교선·조인원·유관순 등의 주도로 4월 1일에 병천시장에서 있었다. 홍일선·김교선은 병천 장날에 독립만세를 부르기로 합의하고 3월 29일경 한동규·이순구에게 동의를 얻었다. 한동규는 다시 이백하에게 찬성을 받았다. 한편 유관순은 3월 13일에 귀향하여 유중권·유중무·조인원 등에게 서울 3·1운동 상황을 설명하고 4월 1일에 병천시장에서 독립만세를 부르기로 하였다.

또한 조병호·조만형·박봉래는 병천시장에 오는 길목에서 주민들에게 독립만세를 권유하기로 하고, 야간에 예배당에서 태극기를 만들었다. 3월 31일 밤 자정에는 천안 길목, 수신면 산마루와 진천 고개마루에 4월 1일 만세운동을 알리는 횃불을 올렸다.

4월 1일에 홍일선·김교선 등은 시장에 오는 주민들에게 독립만세를 부르도록 부탁을 하는 한편, 장터를 떠나려는 주민들에게는 뒤돌아가서 독립만세를 부르도록 권유하였다. 오후 1시 '대한독립'이라고 쓴 큰 깃발을 세우고 태극기를 들고서 조인원이 군중 앞에서 독립선언서를 낭독하고 '대한독립만세'를 선창하였다. 유중권·유중무·조병호 등도 함께 큰 소리로 '대한독립만세'를 부르자, 군중들도 호응하여 대한독립만세를 불렀다.

군중들은 태극기 500~600개를 흔들며 시장 일대를 활보하며 독립만세를 열창하였다. 병천 헌병주재소 오야마(小山) 소장 등 5명은 독립만세 소리를 듣고 시장으로 출동하여 해산을 종용했다. 군중들이 불응하자, 헌병들이 발포하여 사상자가 발생하였다.

목천에서는 3월 14일 오후 4시 무렵 목천보통학교 학생 120여 명이 교정에서 독립만세를 부르고 이어 시장으로 이동하여 계속 만세운동을 전개하였다. 풍세면 풍서리에서는 3월 30일에 주민 수백 명이 20여 개소 산 위에서 횃불을 올리고 독립만세를 불렀으며, 200여 명은 시장으로 이동하여 계속 독립만세를 외쳤다.

성환에서는 3월 31일 밤에 수천 명이 면소재지를 활보하면서 독립만세를 불렀다. 이후 각 마을에서는 횃불만세운동을 전개했다.

직산에서는 4월 1일에 면민 약 3,000명이 독립만세를 불렀다.

-《한국독립운동의 역사》제2장 충청지방 3·1운동 전개 과정, (천안군) 편에서 인용 -

# 황무지 땅에 교육의 푸른 싹 틔운
# 홍애시덕

빼앗긴 나라 황무지 땅에
새싹 심어 싹 틔우듯

가난하고 무지한 소녀들
불러 모아

가갸거겨 글 깨우쳐
민족혼 심어 주며
미래의 꿈나무로 길러 낸 이여

누천년 이어 온
한 배달 한겨레 꿈 짓밟는
일제의 포악에 맞서

당당한 모습으로
독립의지 새기며
겨레의 든든한 나무로 키우신 이여

# 홍애시덕 (洪愛施德, 1892. 3. 20 ~ 1975. 10. 8)

경기 수원이 고향으로 아버지는 홍정후(洪正厚)이며, 어머니는 한메리다. 아버지는 개신교 초기신자로 갑오개혁 때 활약한 개화파였다. 홍애시덕 애국지사는 1912년 이화학당 중등과를 졸업하고 이화보통학교 교사로 활동하면서 여성계몽과 문맹퇴치운동을 통해 학생들에게 애국정신을 심어 나갔다. 1917년에는 이화학당 대학본과에 입학하여 재학 중 유관순과 함께 비밀결사 여성동지회(女性同志會)를 조직하여 여성운동을 폈다.

1920년에는 윤성덕 등과 7인전도대(7人傳道隊)를 조직하고 전국을 순회하며 계몽운동을 펴다가 왜경에 잡혀 옥고를 치렀다. 1922년 6월 조선여자기독청년회(朝鮮女子基督靑年會 : YMCA)의 초대 부회장에 뽑혔으며, 1923년 9월 유각경 · 최활란 등과 함께 조선기독교여자절제회(朝鮮基督敎女子節制會)의 결성에 참여하여 여성의 권익옹호 및 사회풍토 개선활동을 통해 여성의 지위향상에 힘썼다.

같은 해 미감리회 여선교사들의 후원으로 미국 테네시주 스카릿대학 신학부에 유학, 1926년 졸업한 뒤 곧 귀국하여 감리교신학교 교수로 취임하였다. 1927년 1월에는 재경동경여자유학생친목회(在京東京女子留學生親睦會)의 발기총회 준비위원에 선임되어 여성운동단체의 통합에 힘을 쏟았다. 같은 해 4월 신간회(新幹會)의 자매단체로서 좌 · 우익 여성단체의 통합기관인 근우회의 결성준비에 참여하여 같은 해 5월 27일 창립총회에서 21명의 집행위원 중 한명으로 뽑혀

이현경 등과 함께 조사부를 맡아 여성의 지위향상과 항일독
립운동에 힘썼다.

1928년 1월 상해에서 열린 감리교동아회(監理教東亞會)에
김창준 · 조병옥 등 교계대표 8인과 함께 한국교회대표단
(韓國教會代表團)의 일원으로 참석하였다. 그 뒤 1935년부터
8 · 15광복 때까지 기독교를 통한 민족운동을 계속하였다.

정부에서는 고인의 공훈을 기리어 1990년에 건국훈장 애
족장(1977년 대통령표창)을 추서하였다.

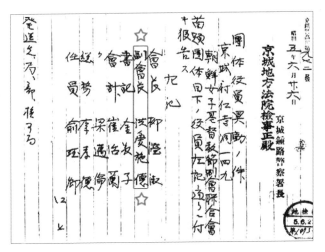

▲ 홍애시덕 애국지사의 활동은 늘 감시의 대상이었다.
(종로경찰서의 감시 기록. 1930. 6. 26)

## 1932년 잡지 삼천리에서 뽑은 차세대 여성

여성 중에 이채를 발하는 이 기독교의 차대의 지도자 중 오인(五人)은 여성제씨(女性諸氏) 중에 유력한 이를 만히 발견할 수 잇다. 위선 첫손에 꼽을 이에 박인덕(朴仁德) 씨가 잇다. 여사는 일즉 이화대학(梨花大學)을 마치고 미국에 건너가 와에스투안대학에서 신학을 전공하고 학위를 컬넘비아대학에서 엇고 작년에 귀국한 이로 웅변과 조직의 재화에 뛰어낫다. 고향은 진남포(鎭南浦) 금년 37살이다.

황애시덕여사(黃愛施德女士)는 평양이 그 고향인바 금년에 40살이다. 미국 컬넘비아 사범학교를 마친 분으로 1919년에 뚜드러진 만흔 활약을 하든 분이다. 민족주의자로 이미 역사와 지반이 잇는 이로 볼 것이다. 현재 여자청념회 간부다.

김필례(金弼禮)여사는 38살로 황해도가 그 고향인바 일즉 미국 컬넘비아대학을 마치고 도라온 뒤 다방면으로 사회 일을 만히 하든 분이다.

김신실(金信實)여사는 하와이 오불린대학을 마춘 분으로 고향이 서울이며 금년 34살의 소장사업가이며, 신의경(辛義卿)씨는 일본 센다이제국대학(仙臺帝國大學)을 마친 금년 36살의 춘추 부(春秋 富)한 이로 일즉 황애시덕 씨 등과 가치-부인단사건으로 유명하든 이다.

유각경(俞珏卿)씨는 북경 연경학교를 (北京 燕京學校)를 마친 40살 부인으로 고향이 경성이다. 10여년을 두고 다방면에서 만히 활동하든 이다.

홍애시덕(洪愛施德) 씨는 현재 신학교에서 교편을 잡고 잇는 반도 유일의 여목사로 고향이 수원이다. 북미에 가서 시카코대학을 마치엇다.

이밧게도 놀납게 성장할 역량 잇는 분들이 다수하나 위선 여기에서 끈치기로 하며 더욱 기독교의 명일을 말하면 이상의 현역일꾼 외에 미주나 영불(英佛) 등지에 이르러 아직 지식을 닥고 잇는 학창의 인재가 만타. 김도연(金度演), 안정수(安定洙) 등 기타 제씨(諸氏)가 모다 그러하다. 그러나 그도 일괄하여 이다음 기회에 미루기로 하엿다.

〈삼천리 제4권 제3호, 1932년 3월 1일 '차세대 지도자 총관(總觀)'〉

# 〈이달의 독립운동가〉
## 1992년 1월 1일부터 ~ 2014년 2월까지

| 연도 | 1월 | 2월 | 3월 | 4월 | 5월 | 6월 | 7월 | 8월 | 9월 | 10월 | 11월 | 12월 |
|---|---|---|---|---|---|---|---|---|---|---|---|---|
| 1992년 | 김상옥 | 편강렬 | 손병희 | 윤봉길 | 이상룡 | 지청천 | 이상재 | 서 일 | 신규식 | 이봉창 | 이회영 | 나석주 |
| 1993년 | 최익현 | 조만식 | 황병길 | 노백린 | 조명하 | 윤세주 | 나 철 | 남자현 | 이인영 | 이장녕 | 정인보 | 오동진 |
| 1994년 | 이원록 | 임병찬 | 한용운 | 양기탁 | 신팔균 | 백정기 | 이 준 | 양세봉 | 안 무 | 조성환 | 김학규 | 남궁억 |
| 1995년 | 김지섭 | 최팔용 | 이종일 | 민필호 | 이진무 | 장진홍 | 전수용 | 김 구 | 차이석 | 이강년 | 이진룡 | 조병세 |
| 1996년 | 송종익 | 신채호 | 신석구 | 서재필 | 신익희 | 유일한 | 김하락 | 박상진 | 홍 진 | 정인승 | 전명운 | 정이형 |
| 1997년 | 노응규 | 양기하 | 박준승 | 송병조 | 김창숙 | 김순애 | 김영란 | 박승환 | 이남규 | 김약연 | 정태진 | 남정각 |
| 1998년 | 신언준 | 민긍호 | 백용성 | 황병학 | 김인전 | 이원대 | 김마리아 | 안희제 | 장도빈 | 홍범도 | 신돌석 | 이윤재 |
| 1999년 | 이의준 | 송계백 | 유관순 | 박은식 | 이범석 | 이은찬 | 주시경 | 김홍일 | 양우조 | 안중근 | 강우규 | 김동식 |
| 2000년 | 유인석 | 노태준 | 김병조 | 이동녕 | 양진여 | 이종건 | 김한종 | 홍범식 | 오성술 | 이범윤 | 장태수 | 김규식 |
| 2001년 | 기삼연 | 윤세복 | 이승훈 | 유 림 | 안규홍 | 나창헌 | 김승학 | 정정화 | 심 훈 | 유 근 | 민영환 | 이재명 |
| 2002년 | 곽재기 | 한 훈 | 이필주 | 김 혁 | 송학선 | 민종식 | 안재홍 | 남상덕 | 고이허 | 고광순 | 신 숙 | 장건상 |
| 2003년 | 김 호 | 김중건 | 유여대 | 이시영 | 문일평 | 김경천 | 채기중 | 권기옥 | 김태원 | 기산도 | 오강표 | 최양옥 |
| 2004년 | 허 위 | 김병로 | 오세창 | 이 강 | 이애라 | 문양목 | 권인규 | 홍학순 | 최재형 | 조시원 | 장지연 | 오의선 |
| 2005년 | 최용신 | 최석순 | 김복한 | 이동휘 | 한성수 | 김동삼 | 채응언 | 안창호 | 조소앙 | 김좌진 | 황 현 | 이상설 |
| 2006년 | 유자명 | 이승희 | 신홍식 | 엄항섭 | 박차정 | 곽종석 | 강진원 | 박 열 | 현익철 | 김 철 | 송병선 | 이명하 |
| 2007년 | 임치정 | 계봉우(桂奉瑀/佳樹) | 권동진 | 손정도 | 조신성 | 이위종 | 구춘선 | 정환직 | 박시창 | 권득수 | 주기철 | 윤동주 |
| 2008년 | 양한묵 | 문태수 | 장인환 | 김성숙 | 박재혁 | 김원식 | 안공근 | 유동열 | 윤희순 | 유동하 | 남상목 | 박동완 |
| 2009년 | 우재룡 | 김도연 | 홍병기 | 윤기섭 | 양근환 | 윤병구 | 박자혜 | 박찬익 | 이종희 | 안명근 | 장석천 | 계봉우 |
| 2010년 | 방한민 | 김상덕 | 차희식 | 염온동 | 오광심 | 김익상 | 이광민 | 이중언 | 권 준 | 최현배 | 심남일 | 백일규 |
| 2011년 | 신현구 | 강기동 | 이종훈 | 조완구 | 어윤희 | 조병준 | 홍 언 | 이범진 | 나태섭 | 김규식 | 문석봉 | 김종진 |
| 2012년 | 이 갑 | 김석진 | 홍원식 | 김대지 | 지복영 | 김법린 | 여 준 | 이만도 | 김동수 | 이희승 | 이석용 | 현정권 |
| 2013년 | 이민화 | 한상렬 | 양전백 | 김붕준 | 차경신(車敬信/金敬信) | 헐버트 | 강영소 | 황학수 | 이성구 | 노병대 | 원심창 |  |
| 2014년 | 김도현 | 구연영 |  |  |  |  |  |  |  |  |  |  |

※ 밑줄 그은 굵은 글씨는 여성
※ 국가보훈처가 1992년부터 해마다 12명 이상을 월별로 선정한 것을 글쓴이가 정리함

## 〈부록 2〉여성 서훈자 234명 독립운동가 (2013년 12월 31일 현재) - 가나다순

## 여성 서훈자 명단

| 이름 | 한자 | 태어난날 | 숨진날 | 유공자<br>인정받은날 | 훈격 | 독립운동계열 |
|---|---|---|---|---|---|---|
| ★강원신 | 康元信 | 1887년 | 1977년 | 1995 | 애족장 | 미주방면 |
| 강주룡 | 姜周龍 | 1901년 | 1932. 6.13 | 2007 | 애족장 | 국내항일 |
| 강혜원 | 康蕙園 | 1885.12.21 | 1982. 5.31 | 1995 | 애국장 | 미주방면 |
| ○고수복 | 高壽福 | (1911년) | 1933.7.28 | 2010 | 애족장 | 국내항일 |
| 고수선 | 高守善 | 1898. 8. 8 | 1989.8.11 | 1990 | 애족장 | 임시정부 |
| 고순례 | 高順禮 | 1930:19세 | 모름 | 1995 | 건국포장 | 학생운동 |
| 공백순 | 孔佰順 | 1919. 2. 4 | 1998.10.27 | 1998 | 건국포장 | 미주방면 |
| ★곽낙원 | 郭樂園 | 1859. 2.26 | 1939. 4.26 | 1992 | 애국장 | 중국방면 |
| 곽희주 | 郭喜主 | 1902.10.2 | 모름 | 2012 | 대통령표창 | 학생운동 |
| 구순화 | 具順和 | 1896. 7.10 | 1989. 7.31 | 1990 | 애족장 | 3.1운동 |
| ★권기옥 | 權基玉 | 1901. 1.11 | 1988.4.19 | 1977 | 독립장 | 중국방면 |
| ★권애라 | 權愛羅 | 1897. 2. 2 | 1973. 9.26 | 1990 | 애국장 | 3.1운동 |
| 김경희 | 金慶喜 | 1919:31세 | 1919. 9.19 | 1995 | 애국장 | 국내항일 |
| ★김공순 | 金恭順 | 1901. 8. 5 | 1988. 2. 4 | 1995 | 대통령표창 | 3.1운동 |
| 김귀남 | 金貴南 | 1904.11.17 | 1990. 1.13 | 1995 | 대통령표창 | 학생운동 |
| 김귀선 | 金貴先 | 1923.12.19 | 2005.1.26 | 1993 | 건국포장 | 학생운동 |
| 김금연 | 金錦연 | 1911.8.16 | 2000.11.4 | 1995 | 건국포장 | 학생운동 |
| ★김나열 | 金羅烈 | 1907.4.16 | 모름 | 2012 | 대통령표창 | 학생운동 |
| 김나현 | 金羅賢 | 1902.3.23 | 1989.5.11 | 2005 | 대통령표창 | 3.1운동 |
| 김덕순 | 金德順 | 1901.8.8 | 1984.6.9 | 2008 | 대통령표창 | 3.1운동 |
| 김독실 | 金篤實 | 1897. 9.24 | 모름 | 2007 | 대통령표창 | 3.1운동 |
| ★김두석 | 金斗石 | 1915.11.17 | 2004.1.7 | 1990 | 애족장 | 문화운동 |
| ★김락 | 金洛 | 1863. 1.21 | 1929. 2.12 | 2001 | 애족장 | 3.1운동 |
| 김마리아 | 金마利亞 | 1903.9.5 | 모름 | 1990 | 애국장 | 만주방면 |
| ★김마리아 | 金瑪利亞 | 1892.6.18 | 1944.3.13 | 1962 | 독립장 | 국내항일 |
| 김반수 | 金班守 | 1904. 9.19 | 2001.12.22 | 1992 | 대통령표창 | 3.1운동 |
| 김봉식 | 金鳳植 | 1915.10. 9 | 1969. 4.23 | 1990 | 애족장 | 광복군 |
| 김성심 | 金誠心 | 1883 | 모름 | 2013 | 애족장 | 국내항일 |
| 김성일 | 金聖日 | 1898.2.17 | (1961년) | 2010 | 대통령표창 | 3.1운동 |
| ○김숙경 | 金淑卿 | 1886. 6.20 | 1930. 7.27 | 1995 | 애족장 | 만주방면 |
| 김숙영 | 金淑英 | 1920. 5.22 | 2005.12.13 | 1990 | 애족장 | 광복군 |
| 김순도 | 金順道 | 1921:21세 | 1928년 | 1995 | 애족장 | 중국방면 |
| ★김순애 | 金淳愛 | 1889. 5.12 | 1976. 5.17 | 1977 | 독립장 | 임시정부 |

# 여성 서훈자 명단

| 이름 | 한자 | 태어난날 | 숨진날 | 유공자 인정받은날 | 훈격 | 독립운동계열 |
|---|---|---|---|---|---|---|
| 김신희 | 金信熙 | 1899.4.16 | 1993.4.23 | 2010 | 대통령표창 | 3.1운동 |
| 김씨 | 金氏 | 1899년 | 1919. 4.15 | 1991 | 애족장 | 3.1운동 |
| ○김씨 | 金氏 | 모름 | 1919. 4.15 | 1991 | 애족장 | 3.1운동 |
| 김안순 | 金安淳 | 1900.3.24 | 1979.4.4 | 2011 | 대통령표창 | 3.1운동 |
| 김알렉산드라 | 金알렉산드라 | 1885.2.22 | 1918.9.16 | 2009 | 애국장 | 노령방면 |
| 김애련 | 金愛蓮 | 1902. 8.30 | 1996.11.5 | 1992 | 대통령표창 | 3.1운동 |
| 김영순 | 金英順 | 1892.12.17 | 1986.3.17 | 1990 | 애족장 | 국내항일 |
| 김옥련 | 金玉連 | 1907. 9. 2 | 2005.9.4 | 2003 | 건국포장 | 국내항일 |
| 김옥선 | 金玉仙 | 1923.12. 7 | 1996.4.25 | 1995 | 애족장 | 광복군 |
| 김옥실 | 金玉實 | 1906.11.18 | 1926.6.2 | 2012 | 대통령표창 | 학생운동 |
| 김온순 | 金溫順 | 1898 | 1968.1.31 | 1990 | 애족장 | 만주방면 |
| 김용복 | 金用福 | 1890 | 모름 | 2013 | 애족장 | 국내항일 |
| 김원경 | 金元慶 | 1898 | 1981.11.23 | 1963 | 대통령표창 | 임시정부 |
| 김윤경 | 金允經 | 1911. 6.23 | 1945.10.10 | 1990 | 애족장 | 임시정부 |
| ★김응수 | 金應守 | 1901. 1.21 | 1979. 8.18 | 1995 | 대통령표창 | 3.1운동 |
| 김인애 | 金仁愛 | 1898.3.6 | 1970.11.20 | 2009 | 대통령표창 | 3.1운동 |
| ★김점순 | 金点順 | 1861. 4.28 | 1941. 4.30 | 1995 | 대통령표창 | 국내항일 |
| 김정숙 | 金貞淑 | 1916. 1.25 | 2012.7.4 | 1990 | 애국장 | 광복군 |
| 김정옥 | 金貞玉 | 1920. 5. 2 | 1997.6.7 | 1995 | 애족장 | 광복군 |
| ○김조이 | 金祚伊 | 1904.7.5 | 모름 | 2008 | 건국포장 | 국내항일 |
| 김종진 | 金鍾振 | 1903. 1.13 | 1962. 3.11 | 2001 | 애족장 | 3.1운동 |
| 김죽산 | 金竹山 | 1891 | 모름 | 2013 | 대통령표창 | 만주방면 |
| 김치현 | 金致鉉 | 1897.10.10 | 1942.10. 9 | 2002 | 애족장 | 국내항일 |
| 김태복 | 金泰福 | 1886년 | 1933.11.24 | 2010 | 건국포장 | 국내항일 |
| 김필수 | 金必壽 | 1905.4.21 | (1972.11.23) | 2010 | 애족장 | 국내항일 |
| ★김향화 | 金香花 | 1897.7.16 | 모름 | 2009 | 대통령표창 | 3.1운동 |
| ★김현경 | 金賢敬 | 1897. 6.20 | 1986.8.15 | 1998 | 건국포장 | 3.1운동 |
| ★김효숙 | 金孝淑 | 1915. 2.11 | 2003.3.24 | 1990 | 애국장 | 광복군 |
| 나은주 | 羅恩周 | 1890. 2.17 | 1978. 1. 4 | 1990 | 애족장 | 3.1운동 |
| ★남자현 | 南慈賢 | 1872.12.7 | 1933.8.22 | 1962 | 대통령장 | 만주방면 |
| 남협협 | 南俠俠 | 1913 | 모름 | 2013 | 건국포장 | |
| ★노순경 | 盧順敬 | 1902.11.10 | 1979. 3. 5 | 1995 | 대통령표창 | 3.1운동 |
| ○노영재 | 盧英哉 | 1895. 7.10 | 1991.11.10 | 1990 | 애국장 | 중국방면 |
| ★동풍신 | 董豊信 | 1904 | 1921 | 1991 | 애국장 | 3.1운동 |
| 문복금 | 文卜今 | 1905.12.13 | 1937. 5.22 | 1993 | 건국포장 | 학생운동 |
| 문응순 | 文應淳 | 1900.12.4 | 모름 | 2010 | 건국포장 | 3.1운동 |

# 여성 서훈자 명단

| 이름 | 한자 | 태어난날 | 숨진날 | 유공자<br>인정받은날 | 훈격 | 독립운동계열 |
|---|---|---|---|---|---|---|
| ★문재민 | 文載敏 | 1903. 7.14 | 1925.12. | 1998 | 애족장 | 3.1운동 |
| 민영숙 | 閔泳淑 | 1920.12.27 | 1989.03.17 | 1990 | 애국장 | 광복군 |
| 민영주 | 閔泳珠 | 1923.8.15 | 생존 | 1990 | 애국장 | 광복군 |
| 민옥금 | 閔玉錦 | 1905. 9. 5 | 1988.12.25 | 1990 | 애족장 | 3.1운동 |
| 박계남 | 朴繼男 | 1910. 4.25 | 1980. 4.27 | 1993 | 건국포장 | 학생운동 |
| 박금녀 | 朴金女 | 1926.10.21 | 1992.7.28 | 1990 | 애족장 | 광복군 |
| 박기은 | 朴基恩 | 1925. 6.15 | 생존 | 1990 | 애족장 | 광복군 |
| 박복술 | 朴福述 | 1903.8.30 | 모름 | 2012 | 대통령표창 | 학생운동 |
| 박승일 | 朴昇一 | 1896.9.19 | 모름 | 2013 | 애족장 | 국내항일 |
| 박신애 | 朴信愛 | 1889. 6.21 | 1979. 4.27 | 1997 | 애족장 | 미주방면 |
| 박신원 | 朴信元 | 1872년 | 1946. 5.21 | 1997 | 건국포장 | 만주방면 |
| ★박애순 | 朴愛順 | 1896.12.23 | 1969. 6.12 | 1990 | 애족장 | 3.1운동 |
| ○박옥련 | 朴玉連 | 1914.12.12 | 2004.11.21 | 1990 | 애족장 | 학생운동 |
| 박우말례 | 朴又末禮 | 1902. 3.13 | 1986.12.7 | 2011 | 대통령표창 | 3.1운동 |
| 박원경 | 朴源炅 | 1901.8.19 | 1983.8.5 | 2008 | 애족장 | 3.1운동 |
| ★박원희 | 朴元熙 | 1898.3.10 | 1928.1.5 | 2000 | 애족장 | 국내항일 |
| 박음전 | 朴陰田 | 1907.4.14 | 모름 | 2012 | 대통령표창 | 학생운동 |
| 박자선 | 朴慈善 | 1880.10.27 | 모름 | 2010 | 애족장 | 3.1운동 |
| ★박자혜 | 朴慈惠 | 1895.12.11 | 1944.10.16 | 1990 | 애족장 | 국내항일 |
| 박재복 | 朴在福 | 1918.1.28 | 1998.7.18 | 2006 | 애족장 | 국내항일 |
| 박정선 | 朴貞善 | 1874 | 모름 | 2007 | 애족장 | 국내항일 |
| ★박차정 | 朴次貞 | 1910. 5. 7 | 1944. 5.27 | 1995 | 독립장 | 중국방면 |
| 박채희 | 朴采熙 | 1913.7.5 | 1947.12.1 | 2013 | 건국포장 | 학생운동 |
| 박치은 | 朴致恩 | 1886. 6.17 | 1954.12. 4 | 1990 | 애족장 | 국내항일 |
| ○박현숙 | 朴賢淑 | 1896 | 1980.12.31 | 1990 | 애국장 | 국내항일 |
| 박현숙 | 朴賢淑 | 1914.3.28 | 1981.1.23 | 1990 | 애족장 | 학생운동 |
| ★방순희 | 方順熙 | 1904.1.30 | 1979.5.4 | 1963 | 독립장 | 임시정부 |
| 백신영 | 白信永 | 모름 | 모름 | 1990 | 애족장 | 국내항일 |
| 백옥순 | 白玉順 | 1911. 7. 3 | 2008.5.24 | 1990 | 애족장 | 광복군 |
| 부덕량 | 夫德良 | 1911.11.5 | 1939.10.4 | 2005 | 건국포장 | 국내항일 |
| ★부춘화 | 夫春花 | 1908. 4. 6 | 1995. 2.24 | 2003 | 건국포장 | 국내항일 |
| 송미령 | 宋美齡 | 모름 | 모름 | 1966 | 대한민국장 | 임시정부지원 |
| 송영집 | 宋永潗 | 1910. 4. 1 | 1984.5.14 | 1990 | 애국장 | 광복군 |
| 송정헌 | 宋靜軒 | 1919.1.28 | 2010.3.22 | 1990 | 애족장 | 중국방면 |
| 신경애 | 申敬愛 | 1907.9.22 | 1964.5.13 | 2008 | 건국포장 | 국내항일 |
| 신관빈 | 申寬彬 | 1885.10.4 | 모름 | 2011 | 애족장 | 3.1운동 |

# 여성 서훈자 명단

| 이름 | 한자 | 태어난날 | 숨진날 | 유공자<br>인정받은날 | 훈격 | 독립운동계열 |
|---|---|---|---|---|---|---|
| 신분금 | 申分今 | 1886.5.21 | 모름 | 2007 | 대통령표창 | 3.1운동 |
| 신순호 | 申順浩 | 1922. 1.22 | 2009.7.30 | 1990 | 애국장 | 광복군 |
| ○신의경 | 辛義敬 | 1898. 2.21 | 1997.8.11 | 1990 | 애족장 | 국내항일 |
| 신정균 | 申貞均 | 1899년 | 1931.7월 | 2007 | 건국포장 | 국내항일 |
| ★신정숙 | 申貞淑 | 1910. 5.12 | 1997.7.8 | 1990 | 애국장 | 광복군 |
| ○신정완 | 申貞婉 | 1917. 3. 6 | 2001.4.29 | 1990 | 애국장 | 임시정부 |
| 심계월 | 沈桂月 | 1916.1.6 | 모름 | 2010 | 애족장 | 국내항일 |
| 심순의 | 沈順義 | 1903.11.13 | 모름 | 1992 | 대통령표창 | 3.1운동 |
| 심영식 | 沈永植 | 1896. 7.15 | 1983.11. 7 | 1990 | 애족장 | 3.1운동 |
| 심영신 | 沈永信 | 1882. 7.20 | 1975. 2.16 | 1997 | 애국장 | 미주방면 |
| ★안경신 | 安敬信 | 1877 | 모름 | 1962 | 독립장 | 만주방면 |
| 안애자 | 安愛慈 | (1869년) | 모름 | 2006 | 애족장 | 국내항일 |
| 안영희 | 安英姬 | 1925. 1. 4 | 1999.8.27 | 1990 | 애국장 | 광복군 |
| 안정석 | 安貞錫 | 1883.9.13 | 미상 | 1990 | 애족장 | 국내항일 |
| 양방매 | 梁芳梅 | 1890.8.18 | 1986.11.15 | 2005 | 건국포장 | 의병 |
| 양진실 | 梁眞實 | 1875년 | 1924.5월 | 2012 | 애족장 | 국내항일 |
| ★어윤희 | 魚允姬 | 1880. 6.20 | 1961.11.18 | 1995 | 애족장 | 3.1운동 |
| 엄기선 | 嚴基善 | 1929. 1.21 | 2002.12.9 | 1993 | 건국포장 | 중국방면 |
| ★연미당 | 延薇堂 | 1908. 7.15 | 1981. 1. 1 | 1990 | 애국장 | 중국방면 |
| ★오광심 | 吳光心 | 1910. 3.15 | 1976. 4. 7 | 1977 | 독립장 | 광복군 |
| 오신도 | 吳信道 | (1857년) | (1933.9.5) | 2006 | 애족장 | 국내항일 |
| ★오정화 | 吳貞嬅 | 1899. 1.25 | 1974.11. 1 | 2001 | 대통령표창 | 3.1운동 |
| 오항선 | 吳恒善 | 1910.10. 3 | 2006.8.5 | 1990 | 애국장 | 만주방면 |
| ★오희영 | 吳姬英 | 1924.4.23 | 1969.2.17 | 1990 | 애족장 | 광복군 |
| ★오희옥 | 吳姬玉 | 1926. 5. 7 | 생존 | 1990 | 애족장 | 중국방면 |
| 옥운경 | 玉雲瓊 | 1904.6.24 | 모름 | 2010 | 대통령표창 | 3.1운동 |
| 왕경애 | 王敬愛 | (1863년) | 모름 | 2006 | 대통령표창 | 3.1운동 |
| 유관순 | 柳寬順 | 1902.11.17 | 1920.10.12 | 1962 | 독립장 | 3.1운동 |
| 유순희 | 劉順姬 | 1926. 7.15 | 생존 | 1995 | 애족장 | 광복군 |
| 유예도 | 柳禮道 | 1896. 8.15 | 1989.3.25 | 1990 | 애족장 | 3.1운동 |
| 유인경 | 俞仁卿 | 1896.10.20 | 1944.3.2 | 1990 | 애족장 | 국내항일 |
| 윤경열 | 尹敬烈 | 1918.2.28 | 1980.2.7 | 1982 | 대통령표창 | 광복군 |
| 윤선녀 | 尹仙女 | 1911. 4.18 | 1994.12.6 | 1990 | 애족장 | 국내항일 |
| 윤악이 | 尹岳伊 | 1897.4.17 | 1962.2.26 | 2007 | 대통령표창 | 3.1운동 |
| 윤천녀 | 尹天女 | 1908. 5.29 | 1967. 6.25 | 1990 | 애족장 | 학생운동 |
| 윤형숙 | 尹亨淑 | 1900.9.13 | 1950. 9.28 | 2004 | 건국포장 | 3.1운동 |

## 여성 서훈자 명단

| 이름 | 한자 | 태어난날 | 숨진날 | 유공자 인정받은날 | 훈격 | 독립운동계열 |
|---|---|---|---|---|---|---|
| ★윤희순 | 尹熙順 | 1860 | 1935. 8. 1 | 1990 | 애족장 | 의병 |
| 이겸양 | 李謙良 | 1895.10.24 | 모름 | 2013 | 애족장 | 국내항일 |
| ★이광춘 | 李光春 | 1914.9.8 | 2010.4.12 | 1996 | 건국포장 | 학생운동 |
| 이국영 | 李國英 | 1921. 1.25 | 1956. 2. 2 | 1990 | 애족장 | 임시정부 |
| 이금복 | 李今福 | 1912.11.8 | 2010.4.25 | 2008 | 대통령표창 | 국내항일 |
| 이남순 | 李南順 | 1904.12.30 | 모름 | 2012 | 대통령표창 | 학생운동 |
| ★이명시 | 李明施 | 1902.2.2 | 1974.7.7 | 2010 | 대통령표창 | 3.1운동 |
| 이벽도 | 李碧桃 | 1903.10.14 | 모름 | 2010 | 대통령표창 | 3.1운동 |
| ★이병희 | 李丙禧 | 1918.1.14 | 2012.8.2 | 1996 | 애족장 | 국내항일 |
| 이살눔 | 李살눔 | 1886. 8. 7 | 1948. 8.13 | 1992 | 대통령표창 | 3.1운동 |
| ★이석담 | 李石潭 | 1859 | 1930. 5.26 | 1991 | 애족장 | 국내항일 |
| ★이선경 | 李善卿 | 1902.5.25 | 1921.4.21 | 2012 | 애국장 | 국내항일 |
| 이성완 | 李誠完 | 1900.12.10 | 모름 | 1990 | 애족장 | 국내항일 |
| 이소선 | 李小先 | 1900.9.9 | 모름 | 2008 | 대통령표창 | 3.1운동 |
| 이소제 | 李少悌 | 1875.11. 7 | 1919. 4. 1 | 1991 | 애국장 | 3.1운동 |
| 이순승 | 李順承 | 1902.11.12 | 1994.1.15 | 1990 | 애족장 | 중국방면 |
| ★이신애 | 李信愛 | 1891 | 1982.9.27 | 1963 | 독립장 | 국내항일 |
| 이아수 | 李娥洙 | 1898. 7.16 | 1968. 9.11 | 2005 | 대통령표창 | 3.1운동 |
| ★이애라 | 李愛羅 | 1894 | 1922.9.4 | 1962 | 독립장 | 만주방면 |
| 이옥진 | 李玉珍 | 1923.10.18 | 모름 | 1968 | 대통령표창 | 광복군 |
| 이의순 | 李義橓 | 모름 | 1945. 5. 8 | 1995 | 애국장 | 중국방면 |
| 이인순 | 李仁橓 | 1893년 | 1919.11월 | 1995 | 애족장 | 만주방면 |
| 이정숙 | 李貞淑 | 1898 | 1950.7.22 | 1990 | 애족장 | 국내항일 |
| 이혜경 | 李惠卿 | 1889 | 1968.2.10 | 1990 | 애족장 | 국내항일 |
| 이혜련 | 李惠鍊 | 1884.4.21 | 1969.4.21 | 2008 | 애족장 | 미주방면 |
| 이혜수 | 李惠受 | 1891. 1. 2 | 1961. 2. 7 | 1990 | 애국장 | 의열투쟁 |
| 이화숙 | 李華淑 | 1893년 | 1978년 | 1995 | 애족장 | 임시정부 |
| 이효덕 | 李孝德 | 1895.1.24 | 1978.9.15 | 1992 | 대통령표창 | 3.1운동 |
| ★이효정 | 李孝貞 | 1913.7.18 | 2010.8.14 | 2006 | 건국포장 | 국내항일 |
| 이희경 | 李希卿 | 1894. 1. 8 | 1947. 6.26 | 2002 | 건국포장 | 미주방면 |
| ○임명애 | 林明愛 | 1886.3.25 | 1938.8.28 | 1990 | 애족장 | 3.1운동 |
| ○임봉선 | 林鳳善 | 1897.10.10 | 1923. 2.10 | 1990 | 애족장 | 3.1운동 |
| 임소녀 | 林少女 | 1908. 9.24 | 1971.7.9 | 1990 | 애족장 | 광복군 |
| 장경례 | 張慶禮 | 1913. 4. 6 | 1998.2.19 | 1990 | 애족장 | 학생운동 |
| 장경숙 | 張京淑 | 1903. 5.13 | 모름 | 1990 | 애족장 | 광복군 |
| 장매성 | 張梅性 | 1911 | 1993.12.14 | 1990 | 애족장 | 학생운동 |

# 여성 서훈자 명단

| 이름 | 한자 | 태어난날 | 숨진날 | 유공자 인정받은날 | 훈격 | 독립운동계열 |
|---|---|---|---|---|---|---|
| 장선희 | 張善禧 | 1894. 2.19 | 1970. 8.28 | 1990 | 애족장 | 국내항일 |
| 장태화 | 張泰嬅 | 1878 | 모름 | 2013 | 애족장 | 만주방면 |
| 전수산 | 田壽山 | 1894. 5.23 | 1969. 6.19 | 2002 | 건국포장 | 미주방면 |
| ★전월순 | 全月順 | 1923. 2. 6 | 2009.5.25 | 1990 | 애족장 | 광복군 |
| 전창신 | 全昌信 | 1900. 1.24 | 1985. 3.15 | 1992 | 대통령표창 | 3.1운동 |
| 전흥순 | 田興順 | 모름 | 모름 | 1963 | 대통령표창 | 광복군 |
| 정막래 | 丁莫來 | 1899.9.8 | 1976.12.24음 | 2008 | 대통령표창 | 3.1운동 |
| 정영 | 鄭瑛 | 1922.10.11 | 2009.5.24 | 1990 | 애족장 | 중국방면 |
| 정영순 | 鄭英淳 | 1921. 9.15 | 2002.12.9 | 1990 | 애족장 | 광복군 |
| ★정정화 | 鄭靖和 | 1900. 8. 3 | 1991.11.2 | 1990 | 애족장 | 중국방면 |
| 정찬성 | 鄭燦成 | 1886. 4.23 | 1951. 7. | 1995 | 애족장 | 국내항일 |
| ★정현숙 | 鄭賢淑 | 1900. 3.13 | 1992. 8. 3 | 1995 | 애족장 | 중국방면 |
| ★조계림 | 趙桂林 | 1925.10.10 | 1965. 7.14 | 1996 | 애족장 | 임시정부 |
| ★조마리아 | 趙마리아 | 모름 | 1927.7.15 | 2008 | 애족장 | 중국방면 |
| 조순옥 | 趙順玉 | 1923. 9.17 | 1973. 4.23 | 1990 | 애국장 | 광복군 |
| ★조신성 | 趙信聖 | 1873 | 1953. 5. 5 | 1991 | 애국장 | 국내항일 |
| 조애실 | 趙愛實 | 1920.11.17 | 1998.1.7 | 1990 | 애족장 | 국내항일 |
| 조옥희 | 曺玉姬 | 1901. 3.15 | 1971.11.30 | 2003 | 대통령표창 | 3.1운동 |
| 조용제 | 趙鏞濟 | 1898. 9.14 | 1948. 3.10 | 1990 | 애족장 | 중국방면 |
| 조인애 | 曺仁愛 | 1883.11. 6 | 1961. 8. 1 | 1992 | 대통령표창 | 3.1운동 |
| 조충성 | 曺忠誠 | 1896.5.29 | 1981.10.25 | 2005 | 대통령표창 | 3.1운동 |
| ○조화벽 | 趙和璧 | 1895.10.17 | 1975. 9. 3 | 1990 | 애족장 | 3.1운동 |
| ○주세죽 | 朱世竹 | 1899.6.7 | (1950년) | 2007 | 애족장 | 국내항일 |
| 주순이 | 朱順伊 | 1900.6.17 | 1975.4.5 | 2009 | 대통령표창 | 국내항일 |
| 주유금 | 朱有今 | 1905.5.6 | 모름 | 2012 | 대통령표창 | 학생운동 |
| ★지복영 | 池復榮 | 1920. 4.11 | 2007.4.18 | 1990 | 애국장 | 광복군 |
| 진신애 | 陳信愛 | 1900. 7. 3 | 1930. 2.23 | 1990 | 애족장 | 3.1운동 |
| ○차경신 | 車敬信 | 모름 | 1978.9.28 | 1993 | 애국장 | 만주방면 |
| ★차미리사 | 車美理士 | 1880. 8.21 | 1955. 6. 1 | 2002 | 애족장 | 국내항일 |
| 채애요라 | 蔡愛堯羅 | 1897.11.9 | 1978.12.17 | 2008 | 대통령표창 | 3.1운동 |
| 최갑순 | 崔甲順 | 1898. 5.11 | 1990.11.22 | 1990 | 애족장 | 국내항일 |
| 최금봉 | 崔錦鳳 | 1896. 5. 6 | 1983.11.7 | 1990 | 애국장 | 국내항일 |
| 최봉선 | 崔鳳善 | 1904. 8.10 | 1996.3.8 | 1992 | 애족장 | 국내항일 |
| 최서경 | 崔曙卿 | 1902. 3.20 | 1955. 7.16 | 1995 | 애족장 | 임시정부 |
| ○최선화 | 崔善嬅 | 1911. 6.20 | 2003.4.19 | 1991 | 애국장 | 임시정부 |
| 최수향 | 崔秀香 | 1903. 1.27 | 1984. 7.25 | 1990 | 애족장 | 3.1운동 |

## 여성 서훈자 명단

| 이름 | 한자 | 태어난날 | 숨진날 | 유공자<br>인정받은날 | 훈격 | 독립운동계열 |
|---|---|---|---|---|---|---|
| 최순덕 | 崔順德 | 1920;23세 | 1926. 8.25 | 1995 | 애족장 | 국내항일 |
| 최예근 | 崔禮根 | 1924. 8.17 | 2011.10.5 | 1990 | 애족장 | 만주방면 |
| 최요한나 | 崔堯漢羅 | 1900.8.3 | 1950.8.6 | 1999 | 대통령표창 | 3.1운동 |
| ★최용신 | 崔容信 | 1909. 8. | 1935. 1.23 | 1995 | 애족장 | 국내항일 |
| ★최은희 | 崔恩喜 | 1904.11.21 | 1984. 8.17 | 1992 | 애족장 | 3.1운동 |
| 최이옥 | 崔伊玉 | 1926. 6.16 | 1990.7.12 | 1990 | 애족장 | 광복군 |
| ○최정숙 | 崔貞淑 | 1902. 2.10 | 1977. 2.22 | 1993 | 대통령표창 | 3.1운동 |
| 최정철 | 崔貞徹 | 1853. 6.26 | 1919.4.1 | 1995 | 애국장 | 3.1운동 |
| ○최형록 | 崔亨祿 | 1895. 2.20 | 1968. 2.18 | 1996 | 애족장 | 임시정부 |
| ★최혜순 | 崔惠淳 | 1900.9.2 | 1976.1.16 | 2010 | 애족장 | 임시정부 |
| 탁명숙 | 卓明淑 | 1895.12.4 | 모름 | 2013 | 건국포장 | 3.1운동 |
| ★하란사 | 河蘭史 | 1875년 | 1919. 4.10 | 1995 | 애족장 | 국내항일 |
| 하영자 | 河永子 | 1903. 6.27 | 1993.10. 1 | 1996 | 대통령표창 | 3.1운동 |
| ○한영신 | 韓永信 | 1887. 7.22 | 1969.2.20 | 1995 | 애족장 | 국내항일 |
| 한영애 | 韓永愛 | 1920.9.9 | 모름 | 1990 | 애족장 | 광복군 |
| ○한이순 | 韓二順 | 1906.11.14 | 1980. 1.31 | 1990 | 애족장 | 3.1운동 |
| 함연춘 | 咸鍊春 | 1901.4.8 | 1974.5.25 | 2010 | 대통령표창 | 3.1운동 |
| 홍씨 | 韓鳳周 妻 | 모름 | 1919. 3. 3 | 2002 | 애국장 | 3.1운동 |
| ○홍애시덕 | 洪愛施德 | 1892. 3.20 | 1975.10.8 | 1990 | 애족장 | 국내항일 |
| 황보옥 | 黃寶玉 | (1872년) | 모름 | 2012 | 대통령표창 | 국내항일 |
| ★황애시덕 | 黃愛施德 | 1892. 4.19 | 1971. 8.24 | 1990 | 애국장 | 국내항일 |

* 이 표는 국가보훈처 공훈전자사료관의 독립유공자 자료를 참고로 글쓴이가 정리한 것임.
* ○ 표시는 이번 〈4권〉에서 다룬 인물임
* ★ 표시는 《서간도에 들꽃 피다》〈1〉〈2〉〈3〉권에서 다룬 인물임

## 국내외서 항일여성독립운동가 시화, 시서전으로 여성독립운동가를 기리다 〈1〉

### - 항일여성독립운동가 시화전 -

2013년 2월 27일 ~ 3월 5일
서울 인사동 갤러리 올
시 이윤옥 시인
그림 이무성 화백

## 국내외서 항일여성독립운동가 시화, 시서전으로 여성독립운동가를 기리다 〈2〉

### - 여명을 찾아서 -

2014년 1월 29일 ~ 3월 30일
일본 도쿄 고려박물관
시 이윤옥 시인
그림 이무성 화백

# 국내외서 항일여성독립운동가 시화, 시서전으로 여성독립운동가를 기리다 〈3〉

## – 항일여성독립운동가 33인 시서전(詩書展) –

2014년 2월 26일 ~ 3월4일

서울 국악로 갤러리 일호

시 이윤옥 시인

붓글씨 문관효 서예가

## 〈참고문헌〉

### 【책】

『끝나지 않은 역사 앞에서』이이화, 김영사, 2009

『기전 80년사』기전여중 · 고 · 전문대학, 1982

『독립운동사자료집』(국가보훈처) 5권

『두렁바위에 흐르는 눈물 : 제암리 학살사건의 증인 전동례의 한평
생』전동례 구술, 김원석 편집, 뿌리깊은나무, 1981

『대한민국독립유공인물록(大韓民國獨立有功人物錄)』국가보훈처,
1997

『3 · 1여성』사단법인 3 · 1여성동지회, 2006

『서대문형무소역사관 '여옥사' 전시설계 · 전시물 제작, 설치 용역
중 서대문 형무소 수감 여성독립운동가 자료조사』서대문구, 서대
문형무소역사관, 2012

『서울YWCA50년사』이원화, 서울YWCA, 1976

『수도자의 삶을 살다간 독립운동가 제주교육의 선구자 최정숙』박재
형, 도서출판각, 2009

『심은대로 : 청해 박현숙 선생의 걸어온길』박찬일, 숭의여자중고등
학교, 1968

『신명백년사』신명고등학교 발간, 2008

『신성100년사 '사진으로 본 신성100년'』제주신성고등학교 발간,
2009

『역대국회의원총람(歷代國會議員總覽)』황석준 편, 을지사, 1982

『연동교회 애국지사 16인 열전』대한예수교장로회 연동교회, 2009

『유관순 : 3 · 1운동의 얼』이정은, 역사공론, 2010

『이화80년사』이화여자대학교 80년사 편찬위원회, 1967

『조소앙연구(趙素昂研究)』홍선희, 태극문화사, 1975

『중국조선족 독립운동사』김동화, 느티나무출판, 1991

『제시의 일기』어느 독립운동가 부부의 8년간의 일기, 양우조, 최선
화 공저, 혜윰, 1999

『제주여성 일상적 삶과 그 자취』제주도여성특별위원회, 대영인쇄

사, 2002

『제주인명사전』김찬흡, 제주문화원, 2002

『추계 최은희 전집, 한국근대여성사』상 · 중 · 하, 최은희, 조선일보
사출판국 1991

『충 · 효 · 예의 고장』화성시사편찬위원회, 2005

『하늘과 땅 사이에, 순원 신의경 권사 전기』고춘섭, 금영문화사,
2001

『한국여성독립운동사』3 · 1여성동지회, 1980

『한국개화여성열전』최은희, 조선일보사, 1991

『한국감리교여성사』장병욱, 성광문화사, 1979

『한국기독교교육사』대한기독교교육협회 편, 1974

『화성지역의 3 · 1 운동과 항일영웅들』화성시 · 수원대학교 동고학
연구소, 2005

『한국의 인물 신익희』김교식, 계성출판사, 1984

『한국사회주의운동 인명사전』창작과비평사, 1996

『한국여성운동사』일제치하의 민족활동을 중심으로, 정요섭, 일조
각, 1971

『한국독립운동의 역사, 한국독립운동사연구소 편』천안 : 독립기념
관 한국독립운동사연구소, 2013

『한국사회주의운동 인명사전』강만길 · 성대경 엮음, 창작과 비평
사, 1996

『항일투사열전 1,2』추경화, 도서출판청학사, 1995

『해공 그리고 아버지』성진사, 신정완, 1981

## 【논문】

〈미주지역 항일여성독립운동〉박용옥, 3 · 1 여성, 제17호 (2006),
3 · 1여성동지회

〈삼균주의 독립운동가 조소앙 선생〉조항래, 2000년 통권295호, 현
대사회문화연구소, 2007.11.1

〈3 · 1운동에서의 여성 역할〉박용옥, 아시아문화, 제15호 (2000.
11), 한림대학교 아시아문화연구소

〈3 · 1 운동기 여성과 항일구국운동〉 박용옥, 순국 98( '99.3) 순국
선열유족회
〈3 · 1 운동가 조화벽의 삶〉 이명화, 3 · 1여성동지회, 2012
〈소벽 양우조의 생애와 독립운동〉 이재호, 단국대학교 교육대학원
석사학위논문, 2002
〈식민지 한국 여성 차경신의 민족운동 연구〉 윤정란, 한국독립운동
사연구, 제21집, 독립기념관 한국독립운동사연구소, 2003, 12
〈일제강점기 서대문형무소 여수감자 현황 분석〉 박경목, 2013, 12, 17
〈차경신 여사의 생애와 독립운동, 박용옥〉 3 · 1 여성, 3 · 1여성동
지회, 제17호, 2006
〈1920년대 민족주의 여성운동의 흐름〉 이배용, 殉國, 109
(2000.2), 殉國先烈遺族會
〈청해 박현숙 선생(1896-1980)의 생애와 항일구국운동〉 박용옥,
3 · 1 여성, 제17호 (2006), 3 · 1여성동지회
〈황병길의 생애와 독립운동〉 김주용, 한국독립운동사연구, 독립기
념관 한국독립운동사연구소 제37집, 2010, 12

**【인터넷】**

공훈전자사료관 http://e-gonghun.mpva.go.kr
국사편찬위원회 한국사데이터베이스 http://db.history.go.kr
한국역대인물종합시스템, http://people.aks.ac.kr
민족문제연구소 http://www.minjok.or.kr
국회전자도서관 http://www.nanet.go.kr
한국위키피디어 http://ko.wikipedia.org

**【신문과 잡지】**

〈연변여성〉 '사라지지 않는 무궁화 (최석승 글)' 10월호, 1991
〈삼천리〉 제4권 제3호 홍애시덕 기사 1932. 3. 1
〈제남일보〉 최정숙 증언 '내가 걸어온 길' 1973.9.17 1회~7회
〈매일신보〉 1919년 4월 1일 「소요사건의 후보-천안 다섯 명이 총살됨」

〈동아일보〉 1921.2.27 박현숙 기사
〈동아일보〉 1922.5.28 애국부인회 기사
〈시대일보〉 1926.1.21 김조이 기사
〈동아일보〉 1930.9.29 소녀회 사건 기사
〈동아일보〉 1930.9.30 소녀회 박옥련 관련 기사
〈동아일보〉 1938.1.4 홍애시덕 기사
〈중앙일보〉 2011.6.14 독립기념관과 함께 하는 독립유공자 시리즈
 ⑥ 류우석 · 조화벽 부부

# 이윤옥 시인의 야심작
## 친일문학인 풍자 시집
### 《사쿠라 불나방》 1권

"영욕에 초연하여 그윽이 뜰 앞을 보니
꽃은 피었다 지고
머무름에 얽매이지 않는다

맑은 창공 밝은 달 아래
마음껏 날아다닐 수 있어도
불나비는 유독 촛불만 쫓고
맑은 물 푸른 숲에 먹을 것 가득하건만
수리는 유난히도 썩은 쥐를 즐긴다
아! 세상에 불나비와 수리 아닌 자
그 얼마나 될 것인고?

- '사쿠라불나방' 머리말 가운데 -

　이 시집에는 모두 20명의 문학인이 나온다. 이들을 고른 기준은 2002년 8월 14일 민족문학작가회의, 민족문제연구소, 계간 〈실천문학〉, 나라와 문화를 생각하는 국회의원 모임, 민족정기를 세우는 국회의원 모임이 공동 발표한 문학분야 친일인물 42명 가운데 지은이가 1차로 뽑은 20명을 대상으로 했다. 글 차례는 다음과 같다.

### 〈차 례〉

(가나다순)

4. 왜 친일했냐 건 그냥 웃는 〈김상용〉

5. 꽃 돼지(花豚)의 노래 〈김문집〉

6. 뚜들겨라 부숴라 양키를! 〈김안서〉

7. 황국신민의 애국자가 되고 싶은 〈김용제〉

8. 님의 부르심을 받드는 여인 〈노천명〉

9. 국군은 죽어 침묵하고 그녀는 살아 말한다 〈모윤숙〉

10. 오장마쓰이를 위한 사모곡 〈서정주〉

11. 친일파 영웅극 '대추나무'는 나의 분신 〈유치진〉

12. 빈소마저 홀대받은 〈유진오〉

13. 이완용의 오른팔 혈의누 〈이인직〉

14. 조선놈 이마빡에 피를 내라 〈이광수〉

15. 내가 가장 살고 싶은 나라 조국 일본 〈정비석〉

16. 불놀이로 그친 애국 〈주요한〉

17. 내재된 신념의 탁류인생 〈채만식〉

18. 하루속히 조선문화의 일본화가 이뤄져야 〈최남선〉

19. 천황을 하늘처럼 받들어 모시던 〈최재서〉

20. 조국 일본을 세계에 빛나게 하자 〈최정희〉

※ 교보, 영풍, 예스24, 반디앤루이스, 알라딘, 인터파크 서점에서 구입하거나 〈도서출판얼레빗, 전화 02-733-5027, 전송 02-733-5028〉에서 구입할 수 있습니다. (대량 구입 시 문의 바랍니다)

# 전국 100 여 곳 언론에서 극찬한
## 이윤옥 시인의 《서간도에 들꽃 피다》 1권

화려한 도회지 꽃집에 앉아 본 적 없는

외로운 만주 벌판

찬이슬 거센 바람 속에서도

결코 쓰러지지 않는 생명력으로

조국 광복의 밑거름이 된

여성독립운동가들의 이야기

〈차 례〉

※ 교보, 영풍, 예스24, 반디앤루이스, 알라딘, 인터파크 서점에서 구입하거나 〈도서출판얼레빗, 전화 02-733-5027, 전송 02-733-5028〉에서 살 수 있습니다. (대량 구입 시 문의 바랍니다)

# 전국 100 여 곳 언론에서 극찬한

## 이윤옥 시인의《서간도에 들꽃 피다》2권

챠우쉔화(朝鮮花)는 조선의 독립을 보지 못하고 중국땅에서 죽어간 사람들의 무덤에 핀 노오란 들국화를 현지인들이 애처로워 부른 이름입니다.

자료 부족 속에서 이번 〈2집〉을 꾸리는데 많은 어려움이 따랐습니다. 그럼에도, 이 작업을 계속하는 까닭은 이러한 여성독립운동가들에 대한 이야기를 통해 그 시대 여성의 삶을 이해하고 그분들의 나라 사랑 정신을 우리가 보고 배웠으면 하는 바람이 있기 때문입니다.

### 〈차 례〉

(가나다순)

# 전국 100 여 곳 언론에서 극찬한
## 이윤옥 시인의《서간도에 들꽃 피다》3권

유관순열사에 대한 단행본은 17권에 이르며 학술연구 등의 논문은 150여 편을 넘습니다. 그러나 유관순열사와 똑 같은 나이인 17살에 만세운동에 참여하여 부모님을 여의고 서대문 형무소에서 죽어간 동풍신 애국지사는 논문 한 편, 기사 한 토막은커녕 그 이름 석 자를 기억하는 이조차 없는 게 현실입니다. 이렇게 이름이 알려지지 않은 20명의 여성독립운동가들을 찾아 3권에 담았습니다.

### 〈차 례〉

# 영어·일본어·한시로 번역한
# 항일여성독립운동가 30인의 시와 그림 책
# 《나는 여성독립운동가다》 인기리에 판매 중!

〈시 이윤옥, 그림 이무성〉 도서출판 얼레빗

이윤옥 시인이 쓴 여성독립운동가를 기리는
시에 이무성 한국화가의 정감어린 그림으로
엮은 《나는 여성독립운동가다》에는 30명
의 여성독립운동가들을 다루고 있으며 이들
시는 영어, 일본어, 한시 번역으로 되어있다.

## 〈차 례〉

(가나다순)

# 여러분의 후원으로 이 책이 세상에 나왔습니다

이 책 출간에 인쇄비를 보태주신 여러 선생님께 진심으로 고개 숙여 감사 말씀 올립니다. 여러분의 도움으로 《서간도에 들꽃 피다》〈4〉권이 세상에 나왔습니다. (가나다순. 존칭과 직함은 생략합니다.)

강 현, 공정택, 구본주, 권 현, 권희균, 기전여고, 김남경, 김성근, 김순흥, 김영조, 김원유, 김은기, 김일진, 김찬수, 김진한, 김철관, 김한빛나리, 김호심, 김호연, 노은숙, 도다이쿠코, 류현선, 마완근, 민예지, 민혜숙, 박 건, 박남순, 박봉수, 박선옥, 박정혜, 박찬홍, 박혜성(미국), 배재흠, 백승옥, 반재식, 손선아, 손영주, 수피아여고, 신광철, 심옥주, 신용승, 안대홍, 안영봉, 양승국, 양 훈, 오경수외 (일어과 82학번), 원산스님, 윤수애 외(서울문화강좌 제4기 수강생 일동), 유회숙, 윤왕로, 윤종순, 이광호, 이규봉, 이무성, 이병술, 이병철, 이상민, 이상직, 이선희, 이영애(미국), 이원정, 이종구, 이주경, 이항증, 이화련, 장은옥, 장정용, 장현경, 전중희(미국), 정상모, 차갑수, 차영조, 최매희, 최사묵, 최숙희, 최우성, 탁현주, 한효석, 허정분, 허홍구, 홍정숙

거듭 고개 숙여 여러분들의 아낌없는 후원과 사랑에 감사드립니다. 앞으로도 계속해서 음지에 계신 여성독립운동가들을 밝은 해 아래로 불러내어 〈5권〉에 실을 수 있도록 여러분들의 따뜻한 사랑과 후원을 기다립니다.

한 권의 책값도 소중히 여기겠습니다.

**후원계좌: 신한은행 110-323-678517 (이윤옥: 도서출판 얼레빗)**

* 교보, 영풍, 예스24, 반디앤루이스, 알라딘, 인터파크 서점에서 구입하거나 도서출판얼레빗 〈전화 02-733-5027, 전송 02-733-5028)에서 주문하실 수 있습니다. (대량 구입 시 문의 바랍니다)

# 서간도에 들꽃 피다 4권

초판 1쇄 2014년 2월 20일 펴냄

ⓒ이윤옥, 단기4347년(2014)


**지은이** | 이윤옥

**표지디자인** | 이무성

**편집디자인** | 정은희

**박은 곳** | 광일인쇄(02-2277-4941)

**펴낸 곳** | 도서출판 얼레빗

**등록일자** | 단기4343년(2010) 5월 28일

**등록번호** | 제000067호

**주소** | 서울시 종로구 새문안로 5가길 3-1 영진빌딩 703호

**전화** | (02) 733-5027

**전송** | (02) 733-5028

**누리편지** | pine9969@naver.com

**ISBN** | 978-89-964593-9-2
        978-89-964593-4-7 (세트)


값 11,000원

* 잘못된 책은 바꿔드립니다.